KB099968

# 변혁 1990

## 1990

### 32

천지무천 장편소설

FUSION FANTASTIC STORY

# 변혁 1990 32권

천지무천 장편 소설

초판 1쇄 찍은 날 § 2018년 2월 20일
초판 1쇄 펴낸 날 § 2018년 2월 27일

지은이 § 천지무천
펴낸이 § 서경석

편집책임 § 김경민
편집 § 이종식

펴낸곳 § 도서출판 청어람
등록번호 § 제1081-1-89호
등록일자 § 1999. 5. 31
어람번호 § 제1-2854호

주소 § 경기도 부천시 부일로 483번길 40 서경B/D 3F (우) 14640
전화 § 032-656-4452  팩스 § 032-656-4453
http://www.chungeoram.com
E-mail § chungeorambook@daum.net

ISBN 979-11-04-91656-4 04810
ISBN 978-89-251-3388-1 (세트)

# 변혁 1990

천지무천 장편소설

**32**

# CONTENTS

**Chapter 1**

대치동에 자리 잡은 한보 본사는 활기가 사라졌다.

결사적으로 자금을 확보하기 위해 백방으로 뛰었지만 필요한 자금은 확보하지 못했다.

주거래은행인 제일은행은 물론이고 자금을 지원했던 산업은행, 외환, 조흥, 서울, 보람은행 등 시중에 있는 모든 은행들이 등을 돌렸다.

"방법이 없어. 종금사나 저축은행들도 기존 대출을 먼저 갚으라는 말뿐이야. 문제는 회사채 발생도 어렵고 CP를 사겠다는 곳이 없어."

"명동도 마찬가지야?"

영업부의 이성환 부장이 입사 동기인 재정본부의 최민규 부장에게 물었다.

"이미 최대한 끌어다 썼어."

"더는 손을 벌릴 곳이 없다는 거야?"

"우리 손을 떠났어. 임원들은 물론이고 회장님까지 뛰어다니고 있는데, 답이 없나 봐."

이성환의 말에 최민규 부장이 고개를 좌우로 돌리며 말했다.

한보그룹 전체의 회계를 맡아온 곳은 재정본부와 경영기획실이었다.

"아! 정말 이러다가 정말 부도가 나는 것 아냐?"

"재계 14위 그룹인데 정부가 이대로 두고 보겠어? 다른 기업이 인수하거나 최악의 경우가 법정관리겠지."

한보의 직원들은 정부나 은행이나 이대로 회사를 부도 처리하지는 않으리라고 여겼다.

"설날도 다가오는데 월급은 나오려는지 몰라?"

작년 11월부터 월급의 절반밖에 받지 못했다.

"그건 나도 장담할 수 없겠다. 오늘이나 내일 채권단하고 최종 결판을 낸다니까 기다려 봐야지."

"후! 밑에 애들도 문제지만 거래처에서도 뭐라고 해줄 말이 없어서 큰일이야."

"좋은 쪽으로 생각하고 기다려 보자고. 그동안 여러 번의 위기가 있었지만 잘 버텨내잖아."

황태수 회장의 두 번의 구속으로 인해 한보그룹이 흔들린 적이 있었지만 잘 이겨냈었다.

"그래, 그때처럼 되었으면 정말 좋겠다."

이성환 부장이 한보에 들어와 일한 지도 13년째였다.

사십 대 초반을 넘어가고 있는 지금 회사를 떠나게 되면 중학교와 고등학교에 다니는 아이들이 문제였다.

*　　　*　　　*

한국의 대기업들의 자금이 서서히 마르고 있는 것과는 달리 닉스홀딩스의 현금성 자금은 풍부했다.

일찌감치 보유하고 있는 부동산 등을 처분하여 현금화했다.

닉스홀딩스 산하 기업들은 어음이 아닌 현금 거래를 바탕으로 했고, 매출 채권이나 외상 매출금을 철저히 관리했다.

계열사들은 매출을 올리기 위해 외상으로 물건을 판매하는 행위를 일절 하지 않았다.

"닉스E&C가 맡은 공사 중 부실이 발생할 수 있는 건설 현장을 올 2월까지 모두 정리할 예정입니다. 공사가 완공된 사업장의 미입금 공사대금도 3월까지는 모두 해결할 수 있을 것입니다."

닉스E&C를 이끄는 박대호 대표의 보고였다.

작년부터 닉스E&C는 닉스홀딩스와 룩오일NY에 연관된 공사들 위주로 맡았다.

한편으로 정부가 보증하는 관급 공사들과 확실한 공사가 아니라면 공사 수주를 일부러 피했다.

재작년부터 투자가 늘어난 기업들의 공사가 밀려들었지만, 이익보다는 안정성을 선택했다.

"부실 자산은 1분기에 모두 털어내야 합니다. 그리고 협력 업체 관리를 더욱 철저히 하십시오. 우리야 괜찮지만, 협력 업체들이 부실해질 수 있습니다."

닉스E&C가 모든 공사를 다 맡아서 할 수는 없었다.

"예, 그렇지 않아도 현장 관리와 함께 하도급 관리를 전담하는 팀을 구성했습니다. 과도한 공사를 맡아서 일정에 차질을 주는 협력 업체는 다음 공사부터 배제하고 있습니다."

건설 경기가 호조세를 보이자 일거리가 많아졌고, 더 많은 공사를 하기 위해 욕심을 부리는 업체들이 생겨났다.

과도한 욕심은 늘 바라지 않는 문제와 부실을 가져왔다.

닉스E&C와 거래하는 협력 업체들은 기업어음이 아닌 현금을 받았기 때문에 차기 공사 배제는 큰 손실이었다.

"잘하셨습니다. 닉스E&C가 가지고 있는 부동산은 처분하셨습니까?"

닉스E&C는 적지 않은 토지와 건물을 소유하고 있었다.

"예, 이번 주까지 70%는 정리했습니다. 2월까지는 모두 처분할 수 있을 것입니다."

"현금을 최대한 확보하십시오. 해외 공사 대금으로 들어온 달러는 환전하지 마시고 계속 쥐고 있으시고요."

사우디아라비아와 러시아에서 3억 달러의 공사 대금이 입금되었다.

"예, 말씀하신 대로 준비를 하고 있습니다. 한데, 정말 경제 보고서의 내용처럼 진행되는 것이 확실한 것입니까? 실제로 일어나면 정말 두려운 일이라서 사실 믿기지 않습니다."

박대호 대표는 궁금했는지 다시금 나에게 물어왔다.

그도 그럴 것이 닉스홀딩스의 1997년 경제보고서는 한국에서 발행되는 여러 경제보고서와는 전혀 다른 내용이 담겨 있었다.

닉스홀딩스 계열사 대표들에게 1997년을 예측하는 대내외 경제보고서가 12월에 전달되었다.

나에게 보고된 보고서의 내용에서 빠진 부분들이 있었지만, 핵심을 담고 있는 경제보고서였다.

"보고서의 내용대로 사건이 일어나지 않는 것이 가장 좋습니다. 하지만 적어도 80%는 보고서의 내용대로 흘러갈 것입니다. 그래서 우리가 이렇게 대비를 하는 것이고요."

"예, 계속 가지고 있으면 돈이 되는 부동산들도 모두 처리하라고 하셨을 때, 제 상식으로는 이해가 되지 않았습니다. 보고서를 접하고 나서야 그 이유를 알았지만 쉽게 믿기가 힘들었습니다."

박대호는 솔직하게 자신의 의견을 피력했다.

그도 그럴 것이 경제학자나 경영인 모두 열의 아홉이 한국 경제를 낙관적으로 보고 있었다.

소수의 경제학자가 경제 체질을 바꾸지 않으면 위험할 수 있다는 말을 했지만 닉스홀딩스의 경제보고서처럼 혹독한 진실을 담지는 않았다.

작년 국민소득 1만 달러 시대가 열리고 2만 달러로 향하는 시대였다.

미국이 78년에, 일본은 84년에 1만 달러를 넘었고, 아시아 국가 중 싱가포르와 대만이 89년과 92년에 1만 달러에 진입했다.

"일어나지도 않은 미래의 일을 예측한다는 것은 쉬운 일은 아닙니다. 한국 경제의 위기는 대내외적인 요인이 복합적으로 발생하여 펀더멘털(경제 기초)이 크게 흔들리는 상황이 발생함으로써… 95년과 96년의 성장률과 물가상승률은 양호했고, 재정은 균형 상태의 건전성을 유지하고 있습니다. 표면적으로 드러난 모습은 안정적으로 보이지만 90년 이래 7년 연속 무역 적자가 누적되고 있는 상황에서 외부적인 충격은 도미노와 같이 연쇄적인 반응을……."

나는 박대호 대표가 읽은 경제 보고서에 빠진 부분들을 설명해 주었다.

한국 경제가 지닌 치명적인 약점에 대해서였다.

그 약점을 물고 늘어질 준비가 되어 있는 환투기 세력들도 간략하게 알려주었다.

"하하! 회장님의 설명을 듣고 나니 궁금증이 모두 해소되었습니다. 정말이지 뛰어난 분이시라는 것을 알고 있었지만, 매번 저를 놀라게 하십니다. 저처럼 회장님에게 경제 방향과 지식을 배우는 회사 대표도 없을 것입니다."

박대호의 말처럼 기업 오너 대다수가 부하 직원에게서 경제 동향과 방향을 보고받았다.

대기업 총수들이 기업이 나아갈 방향성을 제시한다고는 하지만 그 방향성도 밑에 사람들이 모두 만들어주는 것이었다.

그러나 나는 내 머리에서 모든 것이 나오고 있었다.

"서로에게서 부족한 것을 배우는 것입니다. 저는 늘 사소한 것에도 배우는 자세로 임하고 있습니다. 박 대표님도 그러한 마음을 가지시면 지금보다 더 많은 것을 보게 되실 것입니다."

"예, 말씀대로 실천하겠습니다. 제 인생에서 회장님을 만날 수 있었다는 것이 저에게는 아주 큰 행운입니다. 앞으로도 많은 가르침을 주시길 바랍니다."

나에게 고개를 숙여 인사하는 박대호는 나를 진심으로 따르는 인물 중의 하나였다.

박대호뿐만 아니라 각 회사 대표들도 나이를 떠나 나의 인품과 능력에 매료된 사람들이다.

말로는 설명이 안 되는 천재적인 경영 능력과 미래를 내다보는 선견지명(先見之明)에 다들 고개를 숙일 수밖에 없었다.

*　　　*　　　*

1997년 1월 23일, 결국 예상한 대로 재계 서열 14위 한보그룹의 주력사인 한보철강은 보람은행 삼성동 지점에 돌아온 15억 원 등 총 54억 원의 어음을 막지 못해 최종 부도 처리됐다.

이미 나흘 전 결제 자금을 마련하지 못했지만, 경제에 미치는 파장을 우려한 정부는 부도 처리를 놓고 고심을 거듭했다.

그러나 자칫 한보를 살리려다 은행의 지급 결제 시스템 자체가 무너질 수 있다는 결론을 내렸다.

부도 처리 하루 전인 22일, 최석중 청와대 경제수석의 보고를 받은 김영삼 대통령의 재가가 떨어졌다.

정부와 채권단은 1월 8일, 1천2백억 원의 추가 지원 이후 거의 매일 대책 회의를 한 끝에, 한보철강은 3자 인수 형식으로 살리되 금융 지원 조건으로 황태수 회장의 주식 포기 각서를 받도록 하는 쪽으로 결정했다.

운명의 1월 23일 오전, 제일은행 실무진은 황태수 회장으로부터 주식 포기 각서 등 관련 서류를 받기 위해 한보 본사로 향했지만, 제일은행이 생각한 대로 일이 흘러가지 않았다.

제일은행 실무진이 황태수 회장을 만나지 못했다는 연락에 30개 사채권금융단 회의가 무산되고 곧바로 4개 은행장 대책 회의가 열렸다.

그리고 이 사실이 청와대에 보고되자 최후의 순간이 앞

당겨졌다.

정부의 분위기가 심상치 않음을 감지한 한보그룹 측은 뒤늦게 황태수 회장의 모든 주식을 제일은행에 가지고 왔지만 받아주지 않았다.

한보의 부도는 대한민국의 최대 금융 사건으로, 한보철강에 대한 금융기관들의 여신은 4조 9천5백억 원에 이르며 한보그룹 전체로는 5조 8천억 원에 달한다.

작년에 쓰러진 우성그룹의 2조 원과 비교해도 2배가 넘어서는 엄청난 규모였다.


한보그룹의 부도가 공식적으로 발표되자 닉스홀딩스의 구조조정본부도 바빠지기 시작했다.

"한보는 자기자본보다 20배나 많은 빚을 끌어들이고 부채비율은 2천 퍼센트에 달합니다. 더구나 5조에 달하는 여신을 가지고 있는 한보철강이 부담해야 하는 금융 비용은 현재 시중금리 10% 기준으로 할 때 5천억 원에 이릅니다."

구조조정본부의 본부장을 맡은 박성준 본부장의 보고가 이어지고 있었다.

"더구나 순이익 5천억 원을 내기 위해서는, 요즘 같은 불황기에 매출액 이익률이 평균 1%인 점을 고려하면 50조 원의 매출 규모를 달성해야 합니다. 이것은 전혀 현실성이 없는 일로…….”

한보그룹이 야심차게 추진했던 한보철강은 결국 출발부터 망할 수밖에 없는 길을 걸어오고 있었다.

“공장이 계획대로 완공되어도 빚을 갚기 힘든 상황이었겠네요.”

“예, 철강 경기가 회복되는 단계라고는 하지만 당장 이익을 낼 수가 없기 때문에 계속해서 빚으로 연명해야 하는 상황이 되었을 것입니다.”

“향후 진행 상황은 어떻게 진행될 것 같습니까?”

“우선은 황태수 회장 일가가 가진 360만 주의 한보철강 주식은 소각과 함께 경영권이 완전히 박탈될 것입니다. 한보그룹의 22개 계열사는 대부분 부도 처리될 것으로 보이며, 상아제약과 맥유니언 등 일부 회사들만 한보철강과 함께 법정관리에 들어갈 것으로 보입니다.”

한보그룹의 부도는 한보만의 문제가 아니었다.

한보철강이 법정관리에 들어가면 모든 채권 채무가 동결된다.

이 말은 곧 한보철강과 거래하는 수백 개의 하도급 기업들의 연쇄 부도 사태가 일어난다는 말이다.

여기에 한보철강에 거액을 빌려준 은행과 종금사 등은 심각한 타격을 입을 수밖에 없다.

특히 영세한 상호신용금고나 파이낸스 회사, 사채금융도 도산 사태가 일어날 것이다.

"한보철강은 사채금융에서도 2천억 원 가까이 끌어다 썼습니다. 그중 주거래은행인 제일은행이 1조 1천2백억 원에 달하며……."

한보의 부도는 단순히 한 기업의 부도가 아니었다.

한보그룹의 부도 사태는 제2금융권의 무차별 자금 회수로 이어지는 촉매제였고, 외국인 투자자들은 한보 부도 사태 이후 하나둘씩 빠져나가기 시작했다.

대기업의 부도에 따른 금융기관 부실화가 해외 언론에 부정적으로 비치면서 한국계 은행에 대한 신용공여한도(Credit Line)을 축소하고 대출 가산 금리를 앞다투어 높이기 시작했다.

한보의 부도가 환란의 방아쇠를 당겼다.

Chapter 2

　한보그룹의 부도로 어수선한 상황을 맞이한 서울과 달리 신의주의 특별행정구는 차분한 가운데 완공된 공장들이 힘차게 돌아가고 있었다.

　닉스와 블루오션 반도체 공장들이 시험 생산을 거쳐 본격적인 생산에 돌입했다.

　미국은 물론 영국의 맨체스터 유나이티드 FC 인수를 기점으로 유럽에서의 닉스 지명도가 확연히 달라졌다.

　영국의 리복과 독일의 아디다스와 푸마, 그리고 미국의 나이키가 주름잡았던 유럽 스포츠 운동화 시장에 닉스가 가세함으로써 시장 점유율 경쟁에 불이 붙었다.

유럽 시장에서 제일 먼저 닉스에게 무릎을 꿇은 것은 푸마였고, 그다음이 나이키였다.

올해 들어 리복과 아디다스가 닉스를 견제하기 위하여 각가지 이벤트와 할인 행사를 벌이고 있었다.

"이번 달에 생산된 80만 켤레의 운동화가 영국과 독일로 보내졌습니다. 미국과 캐나다에는 65만 켤레가 선적 완료되었습니다. 일본과 홍콩에는……."

신의주 닉스공장을 책임지고 있는 정유섭 공장장의 말이었다.

신의주 공장에서 생산되고 있는 신발 종류는 현재 17종류였고 다음 달에 일곱 가지가 새로 추가된다.

신의주는 신발 부자재 공장들이 한곳에 모두 입주해 있는 복합 생산 공장이었다.

부산 공장에는 제작 공정이 까다로운 제품과 고가의 신발 위주로 생산하고 있었다.

"이번 달 총 수출량은 187만 켤레입니다. 생산 직원들이 숙련도가 높아지면 2백만 켤레가 매달 생산되어 수출될 수 있을 것입니다."

2백만 켤레는 결코 적은 수량이 아니었다.

한 해로 따지면 2천4백만 켤레였다.

세계적으로 스포츠와 레저 인구가 증가하고 신흥 국가들의 소득 수준이 향상함에 따라 닉스의 신발 수출도 함께 늘어나고 있었다.

"매출은 얼마나 됩니까?"

"예, 본격적인 생산에 들어간 작년 12월과 1월을 합해 3천 5백억 원을 돌파했습니다."

미국의 추수감사절과 크리스마스라는 특수적인 상황을 맞이해 11월부터 북미 수출이 큰 폭으로 늘어나게 되었다.

작년 11월 15일부터 신의주 공장에서 생산되는 신발들이 미국으로 수출되었다.

"음, 이대로라면 올해 신의주 공장만으로도 2조 원 매출이 가능할 수 있겠습니다."

"특별한 상황이 일어나지 않는다면 2조 2천억 원 매출은 충분히 달성할 수 있을 것으로 예상됩니다."

지금의 달러 환율로는 24억 달러에 달하는 매출이었다. 이것은 부산 공장을 뺀 매출 금액이었다.

부산 공장도 신의주 공장과 비슷한 매출을 올릴 것으로 예상하였다.

외환 위기로 달러화 환율이 올라가면 북미 지역으로의 수출은 더욱 늘어날 것이다.

"경쟁사들에는 아직 부족한 감이 있지만, 조만간 5십억 달러를 넘어 1백억 달러도 가능할 것입니다."

생산량의 차이로 인해서 아디다스와 리복, 그리고 나이키 매출 금액에는 뒤졌지만, 이익률에서는 월등했다.

"예, 저도 믿기지 않는 매출액입니다. 이곳을 맡은 책임자로서 직원들과 함께 회사에 대한 자부심을 크게 가지고 있습니다."

정유섭 공장장의 말처럼 신발 수출을 통해서 이러한 일을 해낼 수 있다는 것이 정말 놀라운 일이었다.

이제 닉스는 세계 4대 스포츠 브랜드라는 말을 들을 정도로 명성과 인기를 구가하고 있었다.

"앞으로 닉스의 역할이 중요합니다. 더 많은 수출로 달러를 벌어들여야 남북한 모두에게 큰 힘이 될 것입니다."

창밖으로 보이는 닉스 신의주 공장의 전경을 보며 말했다.

"예, 말씀대로 좋은 제품을 만들어 수출에 이바지하겠습니다."

정유섭 공장장은 내 말뜻을 전부는 이해하지 못했다.

경제 환란의 화살이 당겨진 지금 한국에 있어 미국 달러는 생명줄과 같았다.


\*       \*       \*

신의주 관광특구에 들어선 닉스카지노는 사람들로 붐볐다.

북한 주민들은 출입할 수 없으며 관광특구를 방문한 관광객들만 출입할 수 있었다.

남한의 관광객들은 분기에 한 번으로 카지노 출입이 제한되었다.

카지노를 찾은 사람들의 국적은 다양했지만, 중국인이 가장 많았다.

관광특구는 신의주 특별행정구의 비자를 받아야지만 머물 수 있었다.

카지노의 경비는 모두 코사크가 맡았고 범죄 행위와 난동에 대해서는 단호하게 대처했다.

"개장 이후 카지노의 수입은 빠르게 늘고 있습니다. 복합 리조트가 개장하자 가족 단위의 이용객들이 늘면서 소액 카지노 이용 고객들도 함께 늘어났습니다."

닉스호텔과 닉스카지노를 맡고 있는 이종현 이사의 설명이었다.

늦어졌던 동물원이 작년 10월에 오픈했고, 개발 지역 내에서 발견된 온천을 이용한 겨울용 워터파크도 모습을 완벽하게 갖추었다.

"이용객들의 현황은 어떻습니까?"

"현재 일본에서 오는 관광객들은 테마파크를 많이 이용하고 있습니다. 중국과 대만, 그리고 남한에서 오는 관광객들은 카지노 이용객들이 많습니다."

도박을 좋아하는 기질은 중국인과 한국인이었다.

일본인들도 카지노를 이용했지만, 상당수가 중국과 남한의 관광객들이었다.

12월부터 스키장과 함께 마블 코믹스관과 DC 코믹스관을 오픈하자 북미와 유럽 쪽 관광객들도 조금씩 늘어나고 있었다.

"남쪽에서 올라오는 관광객들의 주가 도박이 되지 않게 테마공원의 활성화에도 꾸준히 힘을 쏟으십시오."

"예, 그렇지 않아도 국내외 유명 가수들의 콘서트와 뮤지컬 공연도 지속으로 펼칠 수 있게 프로그램하고 있습니다. 상반기에는 마이클 잭슨과 스파이스 걸스, 그리고 엘튼 존 공연을 협의 중입니다. 꾸준한 공연을 위해 유럽의 록 밴드들과도 접촉하고 있습니다."

풍경이 수려한 관광특구에는 볼거리와 즐길 거리가 풍성했다.

더불어서 세계 명품 숍들이 모두 들어와 있어 쇼핑에도 부족함이 없었다.

더구나 부과되는 관세가 없고 판매세만 있는 관계로 저렴하게 명품을 구매할 수 있었다.

"신의주 관광특구가 전 세계에 더 많이 알려져야 합니다. 이슈를 만들 수 있는 공연과 유명 스포츠 경기들을 투자라 생각하고 개최하십시오."

일본과 홍콩 등 아시아 각국의 주요 도시와 공항 내에 전광판을 세워 신의주 관광특구를 소개하고 있었다.

한편으로 유럽과 북미에도 인수한 회사들을 통해서 신의주 관광특구를 홍보했다.

이러한 목적으로 현재 미국의 영화팀과 일본의 드라마팀이 신의주 관광특구에서 촬영하고 있었다.

"예, 말씀하신 대로 진행하겠습니다."

"카지노 내의 문제점은 없습니까?"

"중국 본토 쪽 관광객 중 몇몇이 돈을 잃은 거에 흥분해 난동을 피우려고 했지만, 코사크에 의해 즉각적으로 제압되었습니다. 이러한 점이 오히려 카지노가 안전하다는 쪽으로 관광객들 눈에 비쳤습니다."

카지노는 늘 시비가 엇갈리는 곳이다.

돈을 잃게 되면 자신의 의지와 상관없이 분노와 좌절감이 표출될 수도 있는 곳이 카지노이기도 하다. 잠시 즐기는 유흥이 아닌 일확천금을 노리며 도박을 하는 사람들이 겪는 고통은 전 세계 공통이다.

다행인 것은 신의주 관광특구 내에는 돈을 빌려주는 사채업자나 물건을 저당 잡혀 돈을 융통할 수 있는 전당포가 없다는 것이다.

이러한 일을 하는 사람은 다시는 신의주 관광특구를 방문할 수 없었고 법률에 따라 처벌을 받았다.

또한 신의주 관광특구의 방문 비자가 만기 되면 즉각적으로 떠나야만 한다.

"안전은 늘 중요한 상황입니다. 그렇다고 과잉대응을 하면 카지노를 이용하는 고객들의 반발을 불러올 수도 있습니다. 돈과 연관되면 사람은 충동적으로 변하기가 쉬우니까요."

지나친 과잉대응은 자칫 돈을 잃은 고객들을 자극하는 기폭제가 될 수 있다.

"예, 안전 요원들에게도 고객 대응 자세에 대해 교육을 하고 있습니다."

"좋습니다. 카지노를 한번 둘러보도록 하지요."

카지노에 설치된 수십 대의 카메라들을 통해서 전해지는 카지노의 풍경을 지켜보며 이야기를 나누었다.

종합상황실과 별도로 이종현 이사의 방에도 십여 대의 모니터를 통해서 카지노의 상황을 파악할 수 있었다.

카지노를 방문한 사람들이 카지노에 설치된 수많은 게임 테이블에 앉아 게임을 즐기고 있었다.

대박의 꿈을 안고 카지노를 찾은 사람들이 처음 맞이하는 건 소리다.

신나는 음악과 잭팟이 터져 동전이 와르르 쏟아지는 소리를 듣게 되면 자신도 모르게 흥분된다.

흥분되고 충동적인 마음을 가라앉히려고 애써보지만, 쉽사리 진정되지 않는다.

게임기가 돌아가는 소리뿐만 아니라 테이블마다 탄성과 한숨이 동시에 들려오고 있었다.

카지노에는 창문과 시계, 그리고 거울이 없다.

시간은 도박의 몰입도를 저해하는 방해물 중 하나이기 때문에 카지노에선 시계를 두지 않는다.

그리고 인간은 빛을 통해서도 시간의 흐름을 감지한다.

바깥세상과 단절된 채 게임에만 집중할 수 있도록 창을 두지 않는 이유다.

거울이 없는 이유는 탐욕과 절망에 찌들어 초췌해진 자신의 모습을 보지 못하게 하기 위해서다.

소리 또한 사람들의 도박 욕구를 자극한다.

슬롯머신에서 돈을 딴 뒤 나오는 축하 음악이 다시 게임에 도전하도록 부추기는 역할을 한다.

카지노는 설계 단계부터 심리학자와 수학자가 동원되어 게임에 방해되는 요소들을 철저히 배제하고 인간의 심리를 자극하는 장치들을 숨겨놓았다.

더불어서 카지노는 일정한 온도와 습도가 유지되고 호텔 실내엔 충분한 산소가 공급된다.

쉽게 지치거나 졸음이 오지 않게 하기 위한 목적과 더불어 방문객을 빨리 피로에서 회복시키기 위해서다.

한편으로 카지노에선 인간의 기본적 욕구가 충족된다.

식사와 주류는 공짜거나 무척 저렴하다.

사람은 허기를 느끼면 하던 행동을 중단하고 술에 취하면 판단력이 떨어진다.

카지노 대부분에는 호텔이 붙어 있어 잠자리 걱정도 없다.

이 모든 것이 사람들을 도박에 몰두하도록 만드는 장치들이다.

"현재 일정 금액 이상을 베팅하는 고객들과 카지노를 오랫동안 이용한 분들을 위해서 호텔 숙박과 교통편까지 제공하고 있습니다."

닉스카지노는 일종의 마일리지 제도를 통해서 단골 고객과 고액 베팅자들에게 서비스를 제공했다.

항공 마일리지처럼 쌓인 포인트를 가지고 숙박과 음식은 물론 쇼핑센터에서 물건까지 살 수 있었다.

"마카오와 홍콩과의 경쟁에서 이겨야 합니다. 중국인들의 돈으로 신의주 특별행정구를 더욱 발전시켜야 하니까요."

카지노를 세운 목적은 중국인들을 끌어들이기 위해서였다.

중국의 경제성장으로 얻어지는 부를 일정 부분 카지노로 흡수하여 신의주 특별행정구를 더욱 확대 발전시킬 계획이다.

또한 중국의 동북아공정을 방해하기 위해서도 동북 3성이 신의주 특별행정구의 영향권 아래에 있어야만 했다.

"예, 충분히 이길 자신이 있습니다. 작년 12월부터 시작된 소빈뱅크의 송금 서비스에 고객들이 큰 만족을 드러내고 있습니다."

닉스카지노는 소빈뱅크를 통해서 세계 어디든지 원하는 계좌로 게임 금액을 안전하게 즉시 송금해 준다.

복잡한 절차도 없었고, 고액의 금액이 아니면 수수료를 일절 받지 않았다.

이러한 서비스는 닉스카지노만 가능한 것으로 사람들을 끌어들이는 가장 큰 요인이었다.

대신 카지노에서 칩으로 환전하여 게임에 사용했던 금액만 가능했다.

"도박 자금은 늘 정상적인 자금이 될 수 없을 수도 있으니까요."

"예, 카지노에 들어오는 돈은 어떤 경우에도 자금 출처를 묻지 않습니다."

이종현 이사의 말처럼 불법이든 합법적인 돈이든 칩을 사는 돈이면 되었다.

"도박이 주는 매력은 강력한 것 같습니다. 여기 있는 사람들 대다수가 단순한 내기가 아닌 불확실성에 자신의 미래와 운명을 시험하고 있으니까요."

"예, 도박의 불확실성이란 것이 돈을 걸고 결과가 나올 때까지 마음이 쫄깃쫄깃해지고 스릴을 느끼게 해주는 요소입니다. 게임에 이겼을 때의 금전적인 보상보다 이러한 행위 자체가 주는 쾌감이 도박에 빠져들게 합니다."

돈을 잃고 따는 것은 이차적 보상이라면 불확실성에서 오는 흥분과 쾌감이 일차적 보상이다.

이러한 심리가 도박을 끊지 못하게 만드는 강력한 요소로 작용한다.

"내국인들에 대해서는 관리를 철저히 하고 계시지요?"

"예, 한국인은 분기에 한 번만 카지노에 출입할 수 있습니다. 카지노가 제시한 금액 이상을 잃은 사람에게는 1년에 2번으로 다시 출입이 제한됩니다."

중국인 못지않게 한국인들도 도박을 무척 좋아한다.

하지만 닉스카지노의 목적은 돈을 무작정 돈을 벌기 위해서가 아니었다.

중국을 견제하고 동북아 3성의 경제에 영향을 주기 위한 전략의 일환이었다.

중국 경제에 의한 북한 경제의 종속이 아닌 신의주 경제 특구에 의한 동북 3성의 경제 종속이 목적이다.

"좋습니다. 무작정 출입을 할 수 없으면 중독에도 쉽게 빠질 수 없을 것입니다."

도박에 빠지면 닉스 카지노가 아니더라도 홍콩이나 마카오, 아니면 미국의 라스베이거스를 찾을 것이다.

하지만 지금은 쉽게 많은 돈을 외국으로 반출하기가 쉽지 않았다.

더욱이 닉스카지노는 원화가 아닌 달러와 파운드, 엔화, 위안화, 마르크화를 받았다.

넓은 카지노를 가득 채운 사람들 중 절반 이상이 중국인들이었다.

그들의 눈에는 탐욕이 가득했고 숨겨진 표정 속에는 욕망이 꿈틀대고 있었다.

중국에서 신의주로 건너오는 중국인들의 숫자가 올해 들어 더욱 늘고 있었다.

새롭게 신설된 신의주 중앙시장에도 중국에서 건너온 상인들로 넘쳐났다.

신의주 특별행정구에 들어온 공장들이 하나둘 완공되어 본격적으로 가동하면서 신의주에 자리 잡은 시장들에 물건이 공급되었다.

기존에 남한에서 신의주로 공급된 상품을 구매하던 중국 상인들은 이제는 신의주에서 생산된 제품들을 사기 위해 몰려들었다.

의류를 비롯하여 생활용품들과 가공식품류, 소형 가전제품 등이 시장에 공급되었다.

"추운 날씨에도 불구하고 사람들이 더 많아진 것 같습니다."

"예, 중앙시장이 개장하자 멀리 몽골과 러시아에서도 상인들이 오고 있습니다."

시장을 함께 둘러보는 백기범 신의주시 시장의 말이었다.

기존 신의주시장과 달리 새로운 중앙시장은 신의주 특별행정구에서 생산된 물건이 공급되는 도매시장이었다.

한국 내와 미국으로 수출되는 물량을 빼고는 전량 중국으로 공급되고 있었다.

"이전 시장들보다 시설이 깔끔하게 잘 정리되었습니다."

신의주 중앙시장은 한국 동대문시장의 분위기가 풍겼다.

신의주에 있는 동문시장과 신의주시장은 한국의 동대문시장처럼 복잡하고 붐볐다.

"기존 시장의 문제점을 보완해서 시설과 상점들을 배치했습니다. 주차 시설도 다른 시장들보다 다섯 배나 넓게 만들었습니다."

동문시장과 신의주시장이 자연스럽게 상인들이 모여들어 개설된 시장이라면 중앙시장은 특별행정구와 신의주시가 함께 계획해서 만든 시장이다.

시설의 확장도 손쉽게 할 수 있도록 시장 남쪽으로도 추가 대지를 마련해 놓았다.

"시장이 활성화되어야 신의주시의 경제도 계속해서 앞으로 나아갈 것입니다."

"예, 지난 몇 년간 신의주의 변화를 돌이켜 보면 정말이지 천지개벽이 따로 없습니다."

백기범 시장의 말처럼 신의주는 이제 평양 시민들을 부러워하지 않을 만큼의 변화를 맞이하고 있었다.

북한에서 가장 발전하는 도시로 뽑힌 신의주의 변화는 신의주 시민들의 모습에서 고스란히 드러나고 있었다.

신의주시를 비롯한 일대의 지역 주민 중 밥을 굶는 사람은 이제 없었다.

아직도 북한에는 부족한 식량 사정으로 인해 일부 지역을 제외하고 두 끼를 먹는 사람들이 대다수였다.

현재 신의주시의 개들도 흰 쌀밥을 먹고 다닌다는 이야기가 북한 전역에 퍼져 나가고 있었다.

"하하하! 신의주시에 건물들이 완공되면 더욱 놀라시겠습니다."

신의주시에는 20층이 넘어가는 건물이 다섯 동이나 지어지고 있었다.

호텔과 업무용으로 사용할 건물들이었다.

이미 지어진 15층 건물과 호텔은 밀려드는 상인들과 신의주에 진출하려는 회사들이 입주했다.

단층 건물들이 즐비하게 늘어섰던 신의주시 거리가 바뀌고 있었다.

"예, 지금도 정신이 없는데 앞으로는 정말 혼이 나갈 것 같습니다."

백기범은 엄살이 아니었다.

지금도 신의주시에 토지를 매입해 건물을 짓겠다는 의뢰가 계속되었다.

신의주 특별행정구에 입주하지 못한 국내 회사들과 일본, 중국 회사들이 신의주에 투자를 진행하고 있었다.

신의주의 놀라운 변화는 주변국들의 관심을 불러오고 있었다.

*        *        *

신의주 특별행정청 직원들의 노고를 위로하는 자리를 가졌다.

직원들의 입가에 미소가 서릴 정도로 풍족한 보너스와 함께 국내 인기 가수인 임창정과 터보, 쿨 등 인기 가수를 초대해 공연을 펼쳤다.

"하하하! 직원들 모두가 무척이나 좋아합니다."

특별행정청의 실무를 책임지고 있는 이태원 국장이 만족스러운 웃음을 지으며 말했다.

그의 말처럼 특별행정청 직원들은 물론 닉스홀딩스 계열사 직원들도 초대되어 즐거운 한때를 보내고 있었다.

"그동안의 고생이 조금이나마 보상을 받았으면 좋겠습

니다."

특별행정청 직원들의 헌신과 노력이 없었다면 특별행정구가 지금처럼 문제없이 돌아갈 수 없었을 것이다.

완공된 공장들이 본격적으로 가동되면서 신의주 특별행정구는 활기를 띠고 있었다.

"충분히 보상을 받았습니다. 장관님의 세심한 배려와 지원 덕분에 이제는 불편함을 전혀 느낄 수 없습니다. 그 때문인지 올해는 작년보다 신의주 특별행정청에 들어오고 싶어 하는 사람들이 대폭 늘어났습니다."

작년 말부터 한국의 경기는 하강 국면이었다.

알게 모르게 늘어난 기업들의 구조조정 여파로 실업률이 상승했다.

더구나 한보그룹의 부도는 2만 명의 실직자를 만들어냈고, 협력 업체들의 부도 여파로 그 숫자가 더욱 늘어나고 있었다.

그러나 신의주 특별행정구와 특별행정청은 다른 나라 이야기처럼 높은 성장세와 안정된 모습을 보였다.

특별행정청의 임금은 상위 대기업 수준이었고, 복지 제도는 국내 어떤 기업보다도 뛰어났다.

재벌기업의 부도와 금융권 부실이 대두하고 있는 시점에서 특별행정청의 인기가 올라가는 것은 어쩌면 당연한 일이었다.

현재 행정청 직원들은 닉스E&C가 건설한 고급 아파트를 공급받아 생활하고 있었다.

문제가 발생해 파면되거나 자발적 퇴사가 아니라면 평생 아파트에서 생활할 수 있었다.

각종 공과금과 월급에 붙는 세금도 남한의 삼분의 일 수준이었고, 특별행정국 내 물가도 무척 저렴했다.

한마디로 돈이 나갈 구석이 없었다.

또한 특별행정국 내에 병원과 문화시설들도 잘 갖추고 있었다.

"실력도 중요하지만 구태의연한 사고와 안정만을 추구하는 사람들은 골라내서야 합니다."

특별행정청의 인기는 공무원 같은 안정적 정년 보장과 대기업 수준의 급여 때문이었다.

"예, 이번 채용부터 인사위원회에서 닉스홀딩스와 협조해 새로운 채용 방식을 적용할 생각입니다."

"잘하셨습니다. 인재는 실력이 전부가 아닙니다. 창의적이고 자신이 맡은 일에 자부심을 가질 수 있는 인물들을 뽑아야 이곳 생활에도 만족할 수 있을 것입니다."

"맞는 말씀이십니다."

내 말에 이태원 국장은 고개를 끄떡이며 답했다.

한국이 아닌 북한의 신의주라는 특수한 상황 때문에 현지 적응하지 못하고 떠난 직원들도 적지 않았다.

위로 공연은 성황리에 마쳤고 함께 공연을 지켜본 북한 근로자들도 예전과 같은 경직된 모습은 전혀 찾아볼 수 없었다.

*　　*　　*

"삼정기업과 거원상사가 자금 악화로 공사를 중단했습니다."

소빈뱅크 신의주 지점을 맡고 있는 김건우 지점장의 보고였다.

한보 부도의 여파는 신의주 특별행정구에 진출한 기업들에도 여파를 미치고 있었다.

"공사를 완공하지 못한 다른 기업들의 사정은 어떻습니까?"

"다른 기업들도 두 곳의 기업처럼 자금 사정이 좋지 않은 것 같습니다. 저희 쪽에 추가 대출을 요구했지만, 담보가 없어 거절했습니다."

모든 기업을 살릴 수는 없었다.

이미 대출이 나간 기업에는 대출을 추가로 하지 않았다.

신의주 특별행정구에 투자한 기업 중 과도한 대출로 공장을 짓는 회사들도 적지 않았다.

　소빈뱅크는 그러한 회사들을 분류하고 상황을 주시하고 있었다.

　"상황이 이렇게까지 갑작스럽게 변한 줄은 몰랐을 것입니다."

　"우리가 기업들의 재무 상담까지 할 수 없는 노릇입니다. 한보의 부도는 건강치 못한 금융 구조를 단적으로 보여주는 일입니다. 고도 성장기에는 이러한 금융 구조가 문제 되지 않았지만, 경기 침체기에는 돈을 회전시키는 데 역작용을 하니까요."

　"맞는 말씀이십니다. 국내도 그렇지만 신의주 특별행정구 내의 기업들도 자금 확보에 열을 올리고 있습니다. 대출을 받기 위해 하루에도 저희 은행을 찾는 기업 관계자가 십여 명으로 늘었습니다."

　평소 회사 관계자들이 입출금과 송금을 하기 위해 은행을 찾기는 하지만 자금 담당자가 한꺼번에 몰리지는 않았다.

　"옥석을 확실하게 가리십시오. 기술력이 있고 비전이 있는 회사는 추가 대출도 고려하시고요. 그렇지 못한 회사는 은행의 기준에 따라 처리하십시오."

신의주 특별행정구에 진출한 기업 중 저렴한 북한의 인건비를 따먹기 위해 들어온 회사도 적지 않았다.

그런 회사들은 신의주 특별행정청이 내건 기준에 부합하기 위해 무리한 대출로 투자를 단행했다.

"예, 말씀대로 진행하겠습니다."

"신의주 특별행정구도 확실하게 구조조정을 통해서 부실을 털어내야 합니다. 경쟁력이 없는 기업들을 끌고 가봤자 생산성은 떨어지고 지속적인 성장을 할 수 없습니다. 특별행정구는 중국보다도 높은 고도성장을 해나가야 합니다."

중국의 동북 3성을 발아래 두려면 중국을 압도하는 기술력과 제품을 선보여야만 가능한 일이다.

단순히 외부 자본과 저임금의 노동력만을 이용하기 위해 들어온 기업들은 거친 풍랑을 만나면 한계에 부닥칠 수밖에 없었다.


*       *       *


95년 이후부터 엔저가 빠른 속도로 진행되자 일본 경제의 불황이 장기화하면서 아시아 국가들은 서서히 속병이 곪아갔다.

한국과 동남아 국가들이 미국과 일본의 환율 전쟁을 남의 나라 이야기로 강 건너 불구경하는 가운데 환투기 세력과 헤지펀드들의 움직임이 활발해졌다.

1996년부터 환투기 세력들은 냄새를 맡고 아시아로 슬금슬금 몰려들었다.

"현재까지 7백억 달러가 태국에 들어갔습니다."

소로스 펀드 매니지먼트사의 사령관 격인 스탠리 드러큰밀러(Stanley Druckenmiller) 헤지펀드 매니저가 조지 소로스에게 보고했다.

외국 은행들과 금융기관들은 현재 700억 달러나 되는 엄청난 액수의 돈을 태국에 빌려주었다.

"후후! 그동안 달콤한 꿀을 잘도 빨아 먹었지. 그것이 독인지도 모르고 말이야. 현재 바트화는 어느 정도지?"

"1달러당 25~26바트를 오가고 있습니다. 지금의 태국 경제 여건으로는 30바트까지 떨어질 것으로 예상합니다."

올 연초부터 태국 경제는 둔화하였고 부동산 가격이 하락했다.

그러자 은행들은 과도한 부동산 담보로 인해 곤경에 빠져들었고, 경상수지 적자 폭이 작년보다 증가 추세에 있었다.

이런 와중에 미국 월가의 증권회사인 골드만삭스가 태국

을 개발도상국 25개 중 맨 마지막 순위로 평가절하했다.

태국의 경제 전망이 나쁘다는 이유였다.

이러한 환경 변화에 환투기 세력은 태국 통화가 평가절하될 때가 됐다고 판단했다.

"음, 슬슬 연기가 피어오를 때가 되었어. 우리 쪽 연합군은?"

"JP 모건과 씨티은행, 골드만삭스, 리먼의 참여가 확실합니다. 거기에 타이거의 줄리안 로버트슨과 오메가 어드바의 레온 쿠퍼맨이 움직일 것입니다. 롱텀캐피털매니지먼트(LTCM)도 관심을 보이고 있습니다."

줄리안 로버트슨(Julian Robertson)는 조지 소로스의 퀀텀펀드와 쌍벽을 이루는 타이거펀드를 이끄는 전설적인 헤지펀드 매니저다.

그리고 헤지펀드 대부로 불리는 레온 쿠퍼맨(Leon Cooperman)은 투자 전문 회사인 오메가 어드바이저(Omega Advisors)를 이끌고 있었다.

"하하하! 이 정도면 히틀러와 나폴레옹도 점령하지 못한 러시아를 완전히 밀어붙일 수 있겠어."

조지 소로스는 만족스러운 듯 큰 소리로 웃었다.

"한데, 소빈뱅크가 확실한 의사를 표하지 않고 있습니다."

"설마, 바바로사 작전을 알아채지는 않았겠지?"

스탠리 드러큰밀러의 말에 소로스의 웃음기가 사라졌다.

2차 세계대전 중 독일의 히틀러가 1941년 소련을 침공하기 위해 세운 작전이 바바로사였다.

조지 소로스는 제2의 바바로사을 준비하고 있었다.

새로운 바바로사 작전은 군사적으로 러시아를 점령하는 것이 아닌 러시아 경제를 종속시키기 위한 것으로 웨스트와 이스트가 벌이는 합동 작전이었다.

그 선두에 조지 소로스가 있었다.

"그럴 리는 없습니다."

바바로사는 러시아의 소빈뱅크를 낚기 위해 세운 작전이기도 했다.

러시아의 버팀목이 될 수도 있는 소빈뱅크가 무너져야 러시아 경제를 원하는 대로 움직일 수 있었다.

"음, 아무리 소빈뱅크라고 해도 혼자서는 연합군을 감당할 수 없겠지. 연합군과 동맹군, 둘 중 하나는 선택해야 하니까. 태국의 동맹군은?"

"타일랜드 은행에 협조할 곳은 말레이시아의 중앙은행인 네가라은행과 홍콩, 싱가포르 통화 당국입니다. 이들이 동원할 자금은……."

태국의 바트화를 두고 환투기 세력과 동남아시아 중앙

은행들과의 본격적인 환율 전쟁이 서서히 다가오고 있었다.

치밀하게 준비하고 있는 환투기 세력들의 전력을 동남아시아 국가들은 정확하게 알지 못했고 그들이 지닌 힘을 간과했다.

Chapter 3

　신의주에서 업무를 보고 서울로 돌아올 때쯤인 1월 30일, 한보철강의 부도 이후 한보그룹과 한보건설이 최종 부도 처리되었다.

　이후 한보사태는 경제적인 요인에서 정치적인 사건으로 바뀌었다.

　놀랍게도 한보그룹의 최종 부채비율은 2,086%에 달했다.

　한보 특혜 대출 의혹 사건으로 확대되자 제일은행 은행 장과 조흥은행 은행장이 구속되었다.

한보사태는 수조 원대의 돈을 은행으로부터 불법 대출한 사건으로 경제적인 문제와 함께 정치적, 사회적 관심을 펌 프질하기에 아주 좋은 사건이었다.

권력 주변에 머물며 권력을 이용해 은행 대출과 빚으로 성장한 기업이 일으킨 사태라 파장은 어디까지 미칠지 아무도 몰랐다.

더구나 정부의 노동법 강행 처리로 인한 사회적 불만이 고조되는 시기였고, 대통령 선거가 있는 올해 여야의 대권 경쟁이라는 큰 흐름이 사건을 더욱 증폭시켰다.

여기에 국민과 언론은 한보사태로 야기된 부정부패에 대해 격렬한 비판을 제기했고, 정치권은 희생양을 내세우지 않을 수 없었다.

그 첫 번째 희생양들이 은행장이었다.

"정치권이 어떻게든지 불똥을 제거하려고 하지만 결국 권력의 맨 윗선까지 검찰의 조사가 이루어질 것입니다."

한보사태는 여기서 끝이 아니라 시작이었다.

"회장님이 예측하신 대로 사건이 흘러가고 있습니다. 문제는 최석중 청와대 경제수석의 발언 이후 금융시장이 얼어붙고 있습니다. 제일은행과 조흥은행……."

김동진 비서실장의 말처럼 청와대 최석중 경제수석이 언론과의 인터뷰에서 은행도 망할 수 있다는 발언을 했다.

이 발언은 시장경제를 옹호하는 그의 소신에서 나온 발언이었지만 해외 금융권은 의미심장하게 받아들였다.

세계적인 신용평가기관인 무디스는 한보 부도와 연관된 제일, 조흥, 외환은행 등 3곳의 한보 채권은행을 감시대상 목록에 올린 이후 신용등급을 일제히 한 단계씩 낮췄다.

"미국에 진출한 국내 은행들이 중장기자금을 공급받지⋯⋯."

이 영향은 곧장 미국에 진출해 있는 국내 은행에 영향을 주어 현지 금융기관에서 중장기자금(텀론)를 제대로 공급받지 못하고 있었다.

텀론으로 조달한 자금을 다른 금융기관에 중개하거나 기업에 대출해 주는 업무를 주로 하고 있는 현지 국내 은행들이 자금난으로 영업에 심각한 타격을 입었다.

텀론(Term Loan)은 대출 기간을 1년부터 10년으로 하는 장기할부금융으로 주로 미국의 상업은행이 중소기업의 설비 자금 대출에 적용하고 있는 금융제도다.

"자금 경색으로 인해 현지 진출한 은행들은 외국 금융기관들에서 오버나이트(하루짜리) 자금을 빌려 부도를 넘기는 실정입니다. 현재 콜 금리가 평상시의 리보+0.15% 수준에서 리보+0.60%까지 치솟았습니다."

리보는 국제금융거래에서 기준이 되는 런던은행 간 금리

로 한 은행이 다른 은행에 자금을 대출할 때 적용되는 이자율이다.

이러한 여파는 국내에도 영향을 주어 콜 금리가 12%를 넘어 13%로 급상승하고 있었다.

"현지 제일은행의 상황은 어떻습니까?"

제일은행은 미국의 뉴욕에 진출해 있었다.

"제일은행은 오버나이트 자금마저 조달할 수 없는 상황이라 국내 본점에서 자금을 가져다 쓰고 있습니다."

소빈뱅크 서울 지점을 책임지고 있는 그레고리의 대답이었다.

소빈뱅크 뉴욕 지점도 현지 국내 은행들에게 오버나이트 자금을 대출해 주고 있었다.

"앞으로 국내 기업들이 더욱 필요한 자금을 융통할 수 없겠어."

"예, 한보와 연관된 주요 은행들에 부실채권이 늘어나면서 신용평가기관들이 한국계 은행의 등급을 지속해서 하향 조정하고 있어 자금 조달은 더욱 힘들어질 것입니다."

"음, 국내 금융기관들의 상황은 어떻습니까?"

"자금 조달을 위해 채권을 발행할 예정이었던 은행들과 기관들이 채권 발행을 연기하거나 발행 조건을 조정하고 있습니다. 은행들의 사정이 이렇다 보니 기업들의 자금 사정은 나날이 악화되는 실정입니다. 여기에 발 빠른 일본계 은행들이 자금을 회수하려는 움직임까지 보이고 있습니다."

한보 부도의 여파는 예측했던 것보다 더 큰 파장을 일으키고 있었다.

여기에다 정부 관리들이 잇달아 정부는 기업 부도에 관여하지 않겠다는 발언을 하자 외국 은행들이 기업 대출을 꺼리고 있었다.

한마디로 일 처리에 있어 손발이 맞지 않고 있었다.

"문제는 외국 은행들의 움직임에 종금사들이 앞다투어 여신을 회수하고 있습니다. 이 때문에 삼미그룹이 자금난에 빠진 것 같습니다."

그레고리의 말처럼 국내 종금사들도 자신들이 살아남기 위해서 움직이고 있었다.

재계 순위 26위에 올라선 삼미그룹은 한보사태의 여파로 금융권이 자금 대출을 줄이면서 빨간불이 들어왔다.

'삼미그룹이 부도가 난 게 아마도 3월이었지……'

정확하게 3월 20일 삼미그룹이 부도가 났고 재계 19위인 진로그룹이 그 뒤를 이었다.

\*　　　\*　　　\*

도시락 지분 인수 이후 만남이 없었던 김대철 사장에게 연락이 왔다.

그를 만나기 위해 명동에 있는 롯데호텔로 향했다.

호텔 내 커피숍 창가 자리에 있는 김대철이 한눈에 들어왔다.

"하하! 오래간만입니다."

김대철 사장은 나를 보자마자 웃으면서 반겼지만, 표정이 썩 좋아 보이지 않았다.

'무슨 일이 있나? 표정이 어두워 보이네.'

"그동안 잘 지내셨습니까?"

"후! 잘 지내려고 했는데, 그게 쉽지가 않습니다."

김대철 사장은 웃음을 그치자마자 한숨을 내쉬었다.

"무슨 일이 있으셨습니까?"

"참으로, 내가 강 대표님을 만나 이런 소리를 하게 될 줄 몰랐습니다."

김대철은 내가 닉스홀딩스를 이끄는 인물인지 알지 못했다.

그는 목이 타는지 테이블에 놓인 물컵을 집어 들어 들이켠 후 다시금 입을 열었다.

"만나자마자 이런 이야기를 하는 게 좀 그렇지만 강 대표

님과는 인연이 깊기에 말씀을 나누고 싶어서 만나뵙자고
했습니다. 제가 가지고 있는 명동의 명일빌딩을 인수하시
면 어떻겠습니까?"

평소와 달리 김대철이 나에게 존대를 하며 날 만난 이유
에 관해 이야기했다.

김대철 사장은 명동을 비롯하여 강남과 종로 등 중심지
에 여러 개의 빌딩을 소유하고 있었다.

그중 명일빌딩은 김대철 사장이 가진 건물 중 가장 아끼
는 빌딩이었다.

"아니, 명일빌딩을 파신다고요? 도대체 무슨 일 때문이
신지 여쭈어봐도 되겠습니까?"

예상치 못한 그의 말에 이유를 물을 수밖에 없었다.

"후! 다 내 욕심 때문이지. 한보그룹에 5백억을 물렸네."

김대철 사장은 이야기를 나누는 도중 자연스럽게 말을
놓았다.

"그게 무슨 말씀이신지요? 한보에 돈을 빌려주셨습니
까?"

"맞네, 차명계좌로 가지고 있던 현금 대부분과 강남 건물
을 담보로 해서 융통한 자금까지 한보의 황태수 회장에게
건네주었네. 쓸모도 없는 한보철강 주식을 담보로 받고서
말이야. 내 눈에 뭐가 단단히 씌었었나 봐."

김대철 사장은 내 물음에 고개를 끄덕이며 힘없이 대답했다.

명동에서 큰 손으로 통하는 김대철 사장은 금융실명제가 시행되었지만, 자금 추적을 피하기 위해 차명계좌를 이용했다.

문제는 차명계좌를 통해서 이루어진 자금 대여는 금융당국의 보호를 받지 못한다.

한보그룹이 사채시장에서 끌어다 쓴 자금이 1조 2천억 원에 달해 전주들이 사실상 자금을 끊어버리는 통에 중소기업들은 사채시장에서의 어음할인이 중단되다시피 했다.

더구나 한보철강은 법정관리로 인해서 은행을 비롯한 모든 금융기관의 채권이 동결된 상태다.

"그렇게 큰돈은 잘 빌려주지 않으시잖습니까?"

김대철 사장은 사람을 잘 신뢰하지 않았다. 그는 사람보다 돈을 신뢰했다.

그 때문에 돈과 연관된 일에 무척이나 신중했다.

"처음에는 몇십억이었지. 한데 그게 점점 커져서 결국 이 지경에 이르렀네. 모두가 내 욕심 때문이야. 한보가 제시한 이자율이 아주 높았거든, 담보도 나쁘지 않았고. 거기에 금융기관 쪽 인물들의 보증도 있어서……."

처음 거래는 20억 원이었고 좋은 조건에 어음할인이 이루어졌다.

재작년 말부터 이루어진 거래에서 김대철 사장은 상당한 이익을 보았다.

한보그룹이 끌어들이는 자금이 어마어마했지만, 은행들이 앞다투어 대출을 해주었고 정관계 고위급 인물들이 황태수 회장의 한보그룹을 적극적으로 밀어주고 있었다.

더구나 황태자가 한보 뒤에 있다는 말에 김대철 사장은 안심했고, 실제로 황태자와의 만남이 이루어지기도 했다.

"약속한 날짜에 늘 돈을 갚았기 때문에 전혀 의심하지 않았거든. 황태수 회장의 말처럼 은행들도 돈을 뜯기지 않기 위해서 다시 자금을 빌려주는 상황이라……."

한보그룹은 김대철 사장에게 높은 이자와 함께 원금을 제때 갚는 모습을 지금까지 보여주었다.

하지만 마지막으로 5백억 원의 가장 큰 자금을 빌려 갈 때는 모든 상황이 이전과 같지 않았다.

"후! 과한 욕심 때문에 한평생 이루어 놓은 것을 다 내어 놓게 되었네. 진로에 들어간 자금을 회수해서 상황을 막으려고 했는데, 아직 약속된 기일이 아니라서."

'이런, 진로그룹에도 돈을 빌려주었나 보네.'

"진로에는 얼마나 빌려주셨습니까?"

진로그룹은 4월 21일 첫 부도가 발생했다.

진로그룹은 부도가 난 21일부터 매일 5백억 원 이상의 어음 결제가 돌아왔지만, 부도방지협약의 첫 대상자로 선정되어 3개월의 시간을 벌었다.

하지만 9월 9일 결국 최종 부도 처리되었다.

"진로는 2백억을 융통해 주었네. 진로에 대해 들은 이야기라도 있는가?"

"다들 어려운 상황들이라 들었습니다. 가능하면 자금을 회수할 방안을 마련하시는 것이 좋을 것 같습니다."

김대철 사장과의 인연은 끝이 좋지 않았지만, 도시락을 소유할 수 있게 해준 장본이기도 했다.

그 때문에 러시아에 발을 들여놓을 수 있었고, 룩오일NY를 일으킬 수 있는 밑바탕이 되었다.

"설마 진로까지 위험해지겠어? 한국은행에서 6조 원의 자금을 시중에 공급한다는 말이 있는데."

나의 말에 김대철 사장은 반신반의하는 표정이었다.

진로그룹은 아직까지 표면적으로 문제가 발생하지 않고 있었다.

한보는 그렇다고 해도 재계 순위 19위인 진로는 소주 사업을 통해 탄탄한 재무구조를 갖추고 있었고, 이를 바탕으로 해서 사세 확장에 열을 올렸다.

진로의 최전성기는 1996년이었다.

당시 연간 매출액이 3조 원을 넘어섰고, 24개 계열사에 재계 순위 19위로 자리매김했다.

소주 하나로 재벌의 반열에 정식으로 자리매김한 해였다.

진로는 서초구 서초동 본산 인근 아크리스백화점을 개장하며 종합유통 사업에 진출했다.

더 나아가 전선, 제약, 종합식품, 건설, 금융, 유선방송 등 분야를 가리지 않고 사업 다각화를 시도하여 종합그룹으로 변신 시도에 성공하는 듯했다.

IMF가 오기 전 국내 기업들 대다수가 몸집 불리기에 나섰을 때였다.

"기업 경영상의 문제보다는 외부적인 돌발 변수 때문에 문제가 발생할 수 있습니다."

"돌발 변수라는 게 무얼 말하는 것인가?"

"한보의 부도 여파에 따른 시중 자금의 경색이 가속화된 것도 돌발 변수로 볼 수 있습니다."

"음, 맞는 말일세. 명동이 지금 문을 닫을 정도니 말이야. 하여간 내가 숨을 좀 돌리기 위해서라도 명일빌딩을 강 대표가 가져가시면 좋겠네. 내 강 대표와의 인연도 있으니 좋은 가격으로 넘기겠네."

김대철 사장은 내가 한 조언을 그리 깊게 생각하지 않은 것 같았다.

명일빌딩은 명동에서도 중심에 자리 잡고 있었다.

'조만간 더 큰 낭패를 보겠군.'

"가격이 좋다면 인수할 의사는 있습니다."

명일빌딩을 이용하면 명동에 닉스매장을 크게 확장할 수 있었다.

닉스프리의 인기로 인해 종합패션으로 탈바꿈하고 있는 닉스가 명일빌딩을 이용해서 명동에 확고하게 자리매김할 기회가 될 수 있었다.

Chapter 4

아시아의 위기 신호는 금융 부문에 앞서 실물 부문에서 먼저 나타났다.

한국을 비롯한 아시아 국가 간의 설비 과잉으로 인해 수출 단가가 하락했고, 결국 수출 둔화 현상으로 이어졌다.

위기의 출발은 생산 과잉에서 시작됐다.

연간 10%에 가까운 고도성장이 이뤄진 동남아와 동아시아 지역의 선진국 은행들은 신용을 꼼꼼히 따져보지도 않은 채 돈을 빌려주었다.

이들 나라의 재벌들과 권력에 유착한 독점자본가들은 해

외 자금을 물 쓰듯이 들여와 자동차, 유화, 전자, 철강 산업에 과감한 투자를 단행했다.

제조업에서 발생한 거품은 부동산으로 옮아갔고, 과잉생산에 따른 공황의 조짐이 수출 둔화로 나타난 것이다.

한국에서는 아시아의 생산 과잉이 확대되고 있는 가운데 재벌 기업 간의 과당 경쟁이 치열하게 전개되었다.

아시아 국가들은 일본식 경제를 모방하면서 성장을 모색했다.

일본이 앞장서고 그 뒤를 한국과 대만이 뒤따랐고, 그다음에 태국, 말레이시아, 중국, 인도네시아가 따라가는 모양새였다.

일본에서 단물을 빼먹고 퇴장한 사양 산업이 한국과 대만으로 건너갔고, 그 산업은 한국과 대만에서 한 사이클을 거쳐 후퇴기에 접어들면 동남아시아로 이전됐다.

1990년대 들어 아시아 경제의 선두에 섰던 일본 경제가 침체에 빠져들었지만, 한국과 대만은 여전히 고도성장을 구가했고, 동남아 국가들은 한국식 경제 모델로 자동차, 전자, 반도체, 유화 산업에 뛰어들었다.

기업들은 이익이 나지 않아도 매출만 늘리면 된다는 생각에 부풀었다.

선진국 기업들은 저임금과 놀라운 고도성장을 이루고 있

는 아시아 국가들에 투자를 늘리며 공장을 지어댔고, 동아시아 노동자들의 임금도 10년 사이에 두 배나 올랐다.

그러나 저임금을 바탕으로 성장한 아시아 국가들은 자체 내에 중국과 베트남 등 방대한 노동력 배후지가 있었기 때문에 임금 상승이 곧 그 산업의 사양을 의미했고, 이는 경쟁력 상실로 이어졌다.

더구나 아시아 경제권은 유럽과 같이 일정 궤도에 올라선 선진국들이 모여 있는 경제 공동체가 아니었기 때문에 한 나라의 임금 상승과 설비 증설은 다른 나라에 경쟁적 요소가 되어 영향을 주었다.

이러한 영향으로 국가 주도의 수출 중심 경제에 한계가 나타나기 시작했다.

미국과 유럽 등 선진국에서 자본을 빌리고, 선진국의 소비자 시장을 바탕으로 산업화를 이루어내던 아시아 경제의 거품이 사그라질 조짐이 나타난 것이다.


김대철 사장이 인수를 제의한 명일빌딩을 넘겨받기로 했다.

그는 한보그룹에 5백억이 물리자 이래저래 자금 사정이 좋지 않았다.

거기에 진로그룹 2백억 원과 함께 한신공영과 쌍방울그

룹 등 앞으로 부도가 발생하는 그룹 계열사에도 상당한 자금이 들어가 있었다.

부동산을 합쳐 2천억 원에 가까운 재산을 일군 김대철 사장은 이번 위기로 자칫 모든 것을 잃을 수도 있는 상황이었다.

명일빌딩은 3백억 원을 제시한 금액에서 30억 원을 깎아 270억 원에 인수했다.

당장 돈이 필요한 상황이었기에 김대철 사장이 내가 제시한 금액을 수용한 것이다.

명동의 중심 건물은 시장에 잘 나오지 않았지만, 한보 부도 사태로 시중 자금이 말라가는 시기라 부동산 시장도 이전 같지 않았다.

큰 자금이 소요되는 부동산을 살 주체도 없었고, 은행 대출도 잘 이루어지지 않았다.

"명일빌딩에 대한 활용 방안을 모색해 보십시오. 명동 상권 중심에 자리 잡고 있어서 닉스 패션몰을 만들면 멋질 것입니다."

"하하하! 그렇지 않아도 명동에 직매장을 가졌으면 했어."

닉스를 맡고 있는 한광민 대표가 크게 웃으며 말했다.

닉스는 명동에 있는 백화점들의 입점에 앞서 기존에 있

던 명동 매장을 정리했었다.

이제는 신세계의 독점이 풀려 롯데백화점에도 닉스가 입점해 있었다.

"국내 경기가 좋지는 않지만 이럴 때일수록 닉스가 적극적인 투자를 해 확고부동한 1위 브랜드로 자리매김해야 합니다."

"그렇지 않아도 올해부터 전국 판매장을 확대할 생각이었어. 신의주 공장에서 생산량을 맞춰줄 수도 있는 상황이 되었잖아."

닉스의 인기가 올라갔어도 판매장을 대거 늘리지 않았다. 서울을 비롯한 5대 도시의 직판장과 백화점 위주로 판매를 이어왔다.

작년에도 15개의 매장이 늘어난 것이 전부였다.

닉스는 국내보다 해외 판매에 주력한 결과이기도 했다.

"유럽의 수출이 생각보다 빠르게 늘고 있던데 생산량은 문제없겠죠?"

영국과 프랑스를 중심으로 닉스의 판매량이 늘고 있었다.

"올해는 문제없어. 신의주 공장의 직원들이 경험이 늘면 생산량은 지금보다 올라갈 테니까. 다들 열심이라서 생산 효율도 작년과 비교하면 많이 좋아졌어."

한광민 대표의 말이 맞았다.

시간이 흐를수록 생산 효율은 지금보다 현저히 좋아질 것이다.

부지런하고 손재주가 좋은 북한 현지 직원들은 교육 수준도 높아서 일을 빨리 배워 나갔다.

중국 현지 근로자들과 비교해 볼 때 능률적인 부분이나 이해도 면에서 수준 차이가 컸다.

"생각해 보면 중국이나 동남아가 아닌 북한을 파트너로 삼은 것이 닉스에게 있어서 큰 행운인 것 같습니다."

"그러게 말이야. 말을 들어보니까 일찌감치 동남아로 건너간 신발 회사들이 이래저래 상황이 좋지 않은 것 같더라고. 생각했던 것만큼 생산율도 나오지 않고, 현지 직원들도 잘 따라주지 않나 봐."

말이 통하지 않는다는 것에서 오는 어려움은 생각보다 컸다. 더구나 한국인의 부지런함을 동남아 현지 직원에게 요구하기에는 무리가 있었다.

언어적인 차이에 따른 오해와 현지 직원들을 인격적으로 대해주지 않은 한국 직원들의 행동에 반발하여 무단결근이나 파업이 종종 일어나고 있었다.

한편으로 현지 문화와 생활 습관을 이해하지 못해서 오는 어려움도 컸다.

"시장조사를 제대로 하지 않고 건너간 회사들이 겪는 일입니다. 단순하게 값싼 인건비만을 따먹기 위해 동남아로 옮긴 회사들은 중국과 베트남의 등장으로 버티기 힘들 것입니다."

초창기 태국과 인도네시아에 진출한 회사 중 안정적으로 자리를 잡은 회사들도 있었지만 그렇지 못한 회사들도 적지 않았다.

인건비가 더 저렴한 중국과 베트남의 등장으로 기술력과 자체 상표가 없는 회사일수록 어려움에 빠져들었다.

동남아시아의 경제 상황이 좋지 않은 쪽으로 변하는 것도 어려움을 가중시키는 일이었다.

"그렇게 말이야. 중국도 그렇지만 베트남까지 개방화되어서 공장들을 끌어들일 줄은 몰랐어. 정말이지 투자 대비 이익을 크게 보는 공장은 신의주 특별행정구만 한 곳이 없을 거야."

"닉스는 이 기회를 절대 놓치면 안 됩니다. 나이키와 아디다스에 신발을 공급하는 공장들이 지금보다 인건비가 저렴한 베트남과 중국에 새로운 공장을 세운다고 합니다."

북미에서 닉스에 밀린 나이키는 동남아에서 인건비가 더 저렴한 나라들로 공장을 이전하려고 했다.

가격 경쟁력을 더욱 갖추기 위한 전략으로 지금보다 신

발 가격을 더 내리려는 움직임을 보였다.

"가격으로 승부를 보겠다는 것이겠지. 닉스는 신의주 공장만을 의지하지 않을 걸세. 우린 우리 방식대로 디자인과 기술로 승부를 볼 테니까."

"맞습니다. 디자인과 기술이 뒷받침되지 않고 가격으로만 승부를 보려 한다면 지금까지 쌓아놓은 브랜드의 신뢰와 값어치를 한꺼번에 잃어버릴 수도 있습니다. 신의주 공장은 우리가 갖춘 무기 중의 하나일 뿐입니다."

지금도 수많은 브랜드가 생겨나고 사라지고 있다.

하나의 브랜드를 사람들에게 각인시키고 인정을 받기 위해서는 수많은 노력과 함께 행운도 따라야 한다.

닉스에 의해 북미와 아시아에서 뒤처지기 시작한 나이키가 내세운 반격의 카드가 단순히 가격뿐이라면 자칫 브랜드의 수명을 단축시킬 수 있는 위험한 카드가 될 수도 있었다.

닉스는 신의주 공장이 완공됨으로써 가격 경쟁력을 갖추었다. 노동집약적인 신발 사업의 특성상 인건비 부분을 무시할 수는 없었다.

*     *     *

한보그룹의 부도 여파가 2월에도 영향을 미치고 있었다.

지난달 전국 어음부도율은 금액 기준으로 0.16%보다 무려 0.05% 포인트가 상승한 0.21%로 치솟았다.

우성건설 부도가 발생했던 작년 1월과 같은 수준으로 지난 1년간 가장 높은 수준이었다.

여기에 상업은행과 한일은행, 그리고 보람은행 등 3개 은행이 해외금융시장에서 추진하던 3억 7천만 달러의 주식예탁증서(DR) 발행 계획이 6월 이후로 연기됐다.

한편으로 일본 금융기관들의 결산기와 한보사태가 겹치면서 국내 금융기관의 해외 차입 금리가 치솟고 있었다.

국내 은행에 적용되는 리보(런던은행 간 금리)에 붙는 가산금리가 0.3~0.35%로 한보사태 이전보다 0.05~0.10% 포인트로 올라 코리아 프리미엄을 형성하고 있었다.

8백 원대에 머물던 환율도 서서히 꿈틀대고 있었다.


"시장 상황이 심상치가 않습니다."

대산그룹의 정용수 비서실장이 이대수 회장에게 보고했다.

"한보의 여파가 생각보다 큰 건가?"

"예, 한보가 은행에 빌린 여신 규모가 저희가 예상했던 것보다 두세 배나 많았습니다. 한보로 인해 시중은행들도 이전처럼 해외에서 쉽게 자금을 끌어오기 힘들어진 것 같습니다. 여기에 삼미그룹마저 심상치가 않습니다."

"삼미까지 흔들리는 건가?"

삼미그룹은 다른 기업들과 달리 특수강이라는 한 분야에 집중적인 투자를 해왔다.

세계 최고의 특수강 그룹을 꿈꿨던 삼미는 80년대 말 특수강 호경기를 통해서 재계 17위로 수직 상승했었다.

삼미그룹은 이 기회를 발판으로 1989년 3억 달러를 투자해 미국의 알텍사와 캐나다의 아틀라스사 등 북미 지역 특수강 공장 4개를 인수했다.

문제는 인수와 함께 불어닥친 북미 지역의 특수강 경기 불황으로 인해 4년 연속 적자를 기록했다.

더구나 87년부터 89년까지 3천억 원을 쏟아부은 봉강 사업마저 경기 불황과 함께 공급과잉까지 겹쳐, 93년 이후부터 매해 4백억~8백억 원의 적자가 발행하여 부실을 키워오고 있었다.

"삼미가 야심차게 추진하던 특수강 사업이 계획과 달리 경기불황 여파로 시장이 축소된 이후 전혀 살아나지 않고 있습니다. 그 때문에 4~5년간 수천억 원의 적자가 발생하고 있습니다. 현재 삼미그룹은 1조 6천억 원이 넘는 부채를 안고 있는 것으로 파악됩니다."

"음, 돈을 벌어도 시원찮은 판국에 적자가 너무 크게 발생했어. 하지만 삼미까지 넘어가면 심각해질 텐데."

한보사태의 여파가 정리되지도 않은 상황에서 재계 26위인 삼미그룹까지 부도가 발생하면 시장은 예기치 못한 상황으로 흘러갈 수 있었다.

"정부에서도 예의 주시하고 있는 것 같습니다. 한데 문제는 지금의 한보사태가 정치적인 파문으로 이어지고 있어 한보에 대한 정리 작업이 늦어지고 있습니다."

한보사태를 조기 수습하기 위해 한보철강의 제삼자 인수로 가닥을 잡았지만, 정부와 은행권은 특혜 시비 문제와 함께 정치권의 시각차로 인해 처리 문제가 표류하고 있었다.

정부 대책이 표류하면서 대외 신인도가 급락했고 국내 자금 시장은 최악의 상황으로 치닫고 있었다.

"음, 경제를 정치적인 논리로 보는 정치인들이 문제야. 우리 쪽에는 문제가 없는 거야?"

대산그룹은 조흥은행이 주거래은행이었다.

"아직까지 자금 흐름에 문제는 없습니다. 하지만 만약 삼미그룹마저 부도가 일어난다면 저희도 영향을 받을 수 있습니다. 그룹 내 현금성 자산을 확보하는 것이 좋을 것 같습니다."

"중국에서의 매출이 나오려면 올해 말이나 되겠지?"

"예, 올해 10월은 지나야 본격적인 매출이 발생할 것입니다."

"음, 시장 상황이 생각대로 흘러가지 않고 있어. 대산에너지만 제대로 되었어도 이런 걱정은 하지 않았을 텐데."

대산에너지에 대한 생각을 지우려 했지만 쉽지가 않았다. 룩오일NY에 넘긴 고티광구의 원유만 손에 넣었다면 자금 문제는 염려하지 않아도 되었을 것이다.

"얼마나 확보할 생각이야?"

"올해 진행하는 신규 사업들에 들어가는 투자금의 50%는 확보해야 할 것 같습니다."

"3천억이라……. 좋아, 구체적인 방안을 마련해서 올려봐."

잠시 생각에 잠긴 이대수 회장은 정용수 비서실장의 이야기를 받아들였다.

작년에 투자가 많았던 대산그룹은 올해 투자 금액을 줄였다.

"예, 바로 진행하겠습니다."

대산그룹이 현금 확보를 위해 할 수 있는 일은 그리 많지 않았다.

부실기업 정리와 구조조정, 그리고 부동산 처분이었다.

그중 제일 쉽게 할 수 있는 일이 구조조정이다.

인력을 줄여 인건비를 줄이는 것이 기업들이 가장 선호하는 방식이다.

  기업이 가지고 있는 부동산 처분은 덩어리가 커 시간이 걸렸고, 덩치를 늘리는 데 열중하는 기업 입장에서 자산의 큰 비중을 차지하는 부동산은 특별한 상황이 발생하지 않는 이상 항상 맨 뒤로 밀렸다.

  자금 사정이 그나마 나은 대산그룹도 위기를 감지하고 움직이기 시작했다.

Chapter 5

집에 돌아와서도 룩오일NY와 닉스홀딩스 비서실에서 보내오는 자료를 검토하느라 늘 자정을 넘기기 일쑤였다.

오늘은 소빈뱅크에서 동남아 국가들에 대한 보고서가 올라왔다.

〈말레이시아는 경상수지 적자 규모를 기준으로 가장 위험하다. 직접투자를 통한 자금 유입이 크고, 단기 채무의 2배까지 외환 보유액으로 변제가 가능한 점에서 안전할 수도 있지만, 주변국의 여파에 휘말릴 수 있다.

인도네시아는 경상수지 적자 규모가 GDP 대비 3.7%에 불과하지만, 외환 보유액이 단기 채무의 4분의 3에 불과해 위기에 처할 가능성이 있으며……

태국은 아시아 국가 중에서 멕시코 통화 위기 재연 징후가 가장 높은 나라다.

경상수지 적자 비율 및 외채 비율이 높을 뿐만 아니라 경상수지 적자를 주로 단기성 투기자금(핫머니)으로 보전하고 있으며……

중국과 대만은 외환 보유액이 1천억 달러를 넘어서는 나라로서……

아시아 국가들은 외국 투자자들이 해당 국가의 시장에서 이탈하면 멕시코 위기 때와는 달리 이들 국가를 위험에서 구해줄 수 있는 재력이 풍부한 이웃 나라가 없으며, 일본은 자국 내 경제 불황으로 적극적인 개입을 하지 않을 것으로 예상된다.〉

"음, 멕시코는 미국이라는 초강대국이 있었지만, 아시아는 상황이 다르지."

아시아의 맹주 일본은 버블 경제가 꺼지면서 7년째 경기 침체에 시달리고 있었다.

미국은 1995년 멕시코가 경제 위기에 빠지자 멕시코를 위해 즉각적으로 자금 지원에 나섰지만, 일본은 그럴 형편이 아니었다.

"후! 위기가 코앞까지 닥쳐오는데도 정치인들은 한심한 행태만 보이고 있으니……."

한보그룹의 몰락은 한국 금융 시스템에 대한 국제적 의심을 일으켰다.

자기자본금이 9백억 원에 불과한 한보철강에 무려 5조 7천억 원의 자금을 빌려주었다는 것은 국제 금융 관행상 있을 수 없는 일이었다.

이로 인해 제일, 조흥, 외환은행 등 한보에 과도한 대출을 해준 3개 채권은행의 신용 등급이 신용평가기관들에 의해 요주의 대상으로 떨어졌고, 주거래은행인 제일은행은 한보그룹 부도로 주가총액의 14%인 1억 8천만 달러의 악성 여신을 떠안게 되었다.

한보 부도 사태는 한국 재벌 구조의 문제점과 정경유착, 그리고 금융시스템의 문제를 국제사회에 고스란히 알리는 계기가 되었다.

"그래, 맞아. 지금이 개혁할 때야. 쓰러질 기업과 은행들을 과감하게 폐쇄하고 정리하고 가면 부실을 줄일 수 있고, 외환 위기도 피할 수 있는데……."

소빈뱅크의 진단은 정확했다.

국제 기준에 맞춰 금융기관의 부실 여신의 규모를 발표하고, 부실기업과 은행을 법정관리와 같은 구제 수단으로 살리지 않고 과감하게 정리하는 경제 개혁이 한국 경제가 사는 방법이었다.

소빈뱅크의 보고서에는 한국이 신속한 경제 개혁에 실패한다면 아시아의 호랑이들 중 가장 먼저 기력을 상실한 나라가 될 것이라고 경고했다.

한국 경제는 지금 일본의 장기 침체를 따라가고 있으며 태국과 같은 저개발국가의 시장 동요에 흔들릴 가능성이 크다고 진단했다.

온몸의 장기로 암세포가 퍼져가고 있는 한국 경제는 썩은 곳을 빨리 도려내야만 살아날 가능성이 있었다.

"후! 답이 없어. 523억 달러가 1년짜리 단기 외채라니……."

보고서를 읽을수록 절망감이 엄습했다.

국내 재벌과 은행들이 국내 또는 해외 법인을 통해 빌려온 외채는 96년 말 1,046억 달러였다.

이는 2년 사이에 78.4%나 늘어난 것으로 GDP의 22%에 해당했다.

더구나 절반 이상이 만기 1년 미만의 단기 외채였다.

한국만의 문제였다면 해결 가능성이 컸지만, 태국을 비롯한 동남아 국가에서 손실을 본 외국 은행들의 부채 상환 압력이 이제 곧 시작될 것이다.

막대한 외채를 갚는 방법은 수출을 늘리는 길밖에 없지만 올 초 수출 실적도 둔화하고 있었다.

머리가 개운치가 않았다.

새벽 2시가 넘어서야 잠자리에 들었지만 잠을 푹 잘 수가 없었다.

"후! 회사도 운영해야 하고, 나라도 걱정해야 하니."

나도 모르게 절로 한숨이 나왔다.

암울한 미래를 알고 있다는 것이 나 자신을 너무 힘들게 했다.

모든 것을 오픈하고 경고를 해주고도 싶었지만, 그것만으로 해결될 문제가 아니었다.

한국 경제의 위기는 단순하지 않은 복합적이고 구조적인 문제였다.

거기에 국제 금융 세력이 가담한 경제 전쟁이었기 때문이다.

\*　　　\*　　　\*

삼미그룹의 주력 기업인 삼미특수강이 3월 19일 동남은행 삼성역 지점과 서울은행 삼성역 지점으로 각각 돌아온 어음 8억 4천9백만 원과 2억 7천만 원을 결제하지 못해 최종 부도 처리되었다.

삼미특수강은 3월 13일 서울은행에 돌아온 21억 원의 어음을 막지 못해 1차 부도가 났지만, 산업은행의 지원으로 한차례 위기를 넘겼었다.

한보그룹에 이은 삼미그룹의 부도를 막으려는 조치였지만 연간 3천억 원에 이르는 과다한 금융 비용으로 발생한 이자 부담을 감당할 수 없었다.

삼미그룹에 대한 금융 여신은 지난해 말 1조 8천9백77억 원이었다.

삼미그룹 주력이었던 2개 상장회사인 삼미와 삼미특수강은 95년 662억 원의 적자를 낸 데 이어 작년에는 1,658억 원으로 적자 폭이 2배 이상으로 확대되었다.

더구나 이들은 그룹 매출의 93%를 차지하고 있었고 93년부터 적자를 냈다.

삼미그룹은 삼미특수강의 봉강과 강관 부분을 포항제철에 7,194억 원을 받고 매각해 빚을 갚았지만, 남은 빚이 1조 2천억 원에 달했기 때문에 끝내 부도로 이어졌다.

㈜삼미의 주거래은행은 상업은행이었고, 삼미특수강의 주거래은행은 제일은행이었다.

삼미그룹 또한 확장 경영 몰락의 대표적인 사례였다.

삼미그룹의 부도가 알려지자 회사채 유통 수익률은 전날보다 0.1% 포인트 오르면서 1년 6개월 만에 최고치를 기록했을 뿐만 아니라 장·단기 금리가 일제히 뛰어올랐다.

환율도 884원 40전으로 치솟았다.

증권시장의 주가지수는 11.68포인트가 폭락하여 650선이 무너지며 646.29로 주저앉았다.

㈜삼미의 주거래은행인 상업은행은 하한가를 맞았고, 삼미특수강의 주거래은행인 제일과 서울은행의 주가는 2천 원대로 주저앉았다.

90년까지만 해도 2만 원을 대부분 넘어섰던 은행주들이 처참하게 몰락하는 중이었다.

더구나 주식시장에는 3~4개의 건설, 유통, 철강그룹과 제과 업체 등의 부도 위기설이 돌고 있었다.

한편으로 은행들은 물론이고 종금사와 파이낸스, 그리고 할부금융사 등 제2금융권들은 삼미의 법정관리를 계기로 대출 문턱을 더욱 높이고 부실 대출 회수에 적극적으로 나서기 시작했다.

금융 관계자들은 삼미그룹 부도로 인해 차입금리가 0.05% 이상 올라갈 것으로 예측했다.

이러한 상황에 부닥치자 기업들은 자금의 실제 수요 여

부와 상관없이 무작정 현금을 끌어모아야 한다는 분위기가
팽배해졌다.

*　　　*　　　*

"신규 대출이 모두 막혔습니다. 동화은행에서 약속했던
대출도 보류한다고 통보해 왔습니다."

정태술 회장에게 보고하는 김웅석 비서실장의 표정은 심
각했다.

한라그룹은 동화은행에서 8백억 원의 자금을 빌리기로
했다. 이 자금 중 5백억 원을 만기 어음과 종금사에 빌린 여
신을 갚는 데 사용할 목적이었다.

"무슨 소리야? 동화은행이 왜?"

"삼미그룹의 부도도 문제지만 진로가 위험하다고 합니
다. 동화은행 쪽에서 진로그룹에 제공한 여신이 적지 않은
관계로 신규 여신을 진행할 수 없다고 전해왔습니다."

"무슨 개 같은 소리야? 진로 문제를 왜 우리에게 적용해.
동화은행에 당장 전화해!"

"그렇지 않아도 연락을 취했는데, 지금 주요 은행장 회의
로 인해 정재진 은행장이 자리를 비웠다고 합니다."

"이놈들이 지금 장난하는 것도 아니고. 당장 차 준비해.

내가 회의장으로 갈 테니까."

정태술 회장은 표정이 벌겋게 달아올랐다.

한라그룹의 자금 사정이 생각보다 좋지 않았다.

현금을 마련하기 위해 매각을 진행하고 있는 한라건설에 임자가 나오지 않았고, 유통과 철강 쪽 상황이 급속히 나빠졌다.

한라그룹의 돈줄이 되어주었던 한라화학도 기업들의 중복 투자로 인한 과잉 공급으로 유화 제품의 가격이 내려가고 있었다.

아시아의 유화 산업은 한국을 선두로, 중국, 인도네시아, 대만, 태국이 경쟁했고, 96년 하반기 들어 퇴조의 기미를 보였다.

유화 제품은 과잉생산으로 올해 들어 가격이 36%나 폭락했지만, 그런데도 석유화학 공장 증설 붐은 식을 줄 몰랐다.

한국 유화 산업은 해외에 덤핑 수출을 하고 있다는 비난을 받으면서도 3개의 대형 공장들이 건설 중이었고, 3개 공장의 건설이 계획되어 있었다.

삼성과 현대도 유화 산업 증설에 가세했다.

\*    \*    \*

"한라그룹과 대명그룹의 관계자들이 대출 문제로 찾아왔었습니다."

소빈뱅크 서울 지점을 맡고 있는 그레고리의 보고였다.

"시중에서 돈을 구하기가 더 어려워진 결과겠지."

"삼미그룹의 부도와 함께 한보그룹이 부도 직전에 남발한 수천억 원대의 융통어음이 이달 말부터 만기가 도래하기 때문에 제2금융권이 비상이 걸린 상태입니다. 시중에서는 금융대란설이 나돌고 있습니다."

그동안 증권가를 중심으로 4~5월 금융대란설이 떠돌고 있었다.

융통어음은 진성어음처럼 상거래를 하고 대금 결제를 위해 발생하는 어음이 아닌 순수하게 돈을 빌리기 위해 발행하는 어음으로, 만기는 통상 3개월로 짧은 편이다.

"이미 종금사들은 일부 대기업의 어음들만 할인해 주고 있지 않나?"

현재 금융기관들은 삼성, 현대, 대우, 선경, 대산, 롯데 등 일부 대그룹에만 자금을 제대로 공급하고 있을 뿐이었고, 나머지 기업에 대해서는 높아진 조건을 제시하는 등 보수적인 자금 운용을 하고 있었다.

일반적으로 융통어음을 가지고 종금사에 가면 할인을 해

주는 방식으로 돈을 받을 수 있었다. 만기 때 돈을 갚으면 되었고, 연장할 수도 있었다.

하지만 지금 그 모든 일반적인 상황들이 바뀌어 버렸다.

"예, 특정 대기업의 어음만 할인되고 있습니다. 자금 사정이 좋지 않은 진로와 한신공영의 융통어음에 대해 만기 연장을 꺼리고 있습니다. 사재 시장에서도 어음 할인율이 1백 일 기준으로 10~20% 선까지 올라갔습니다. 자금 사정이 좋지 않은 기업들은 30% 이상으로 치솟았습니다. 이 때문에 중소기업들의 부도율은……."

문제는 거기서 그치는 것이 아니었다.

대기업에 납품대금으로 받는 진성어음의 평균 만기일이 한보부도 이전에는 평균 95.3일었지만, 지금은 108.1일로 12.8일이 늘어났다.

섬유 등 일부 업종에서는 23.1일이 늘어나 120.6일까지 늦어져 중소기업의 자금 회전에 상당한 어려움이 따르고 있었다.

이미 한보그룹의 부도로 830개의 중소 업체가 피해를 보았고 파악된 피해액만 4,470억 원이었지만 점점 늘어나고 있었다.

이중 어음 부도액이 2,256억 원이고, 외상매출 채권도 2,214억 원에 달했다.

이로 인해 2월 말부터 지금 회전이 안 되는 수백 개의 영세한 원부자재 업체들과 개인 사업자들이 쓰러지고 있었다.

국내 3대 문구 업체 중 하나인 마이크로코리아도 한보사태로 인해 자금 시장이 얼어붙으면서 흑자도산했다.

여기에 삼미그룹의 부도 여파로 삼미특수강의 대리점들과 수백 개의 철강제품 가공공장들이 곧 부도가 날 판이었다.

"아직 시작도 하지 않았는데 이 지경이니⋯⋯."

앞으로 6월까지 한신공영과 진로그룹, 그리고 대농그룹의 부도가 기다리고 있었다.

그리고 재계 순위 8위의 기아자동차가 대기하고 있었다.

*         *         *

집으로 오랜 친분이 있는 아버지 친구분이 찾아왔다.

친구분은 문래동에서 오랫동안 수성기계공업이라는 기계 가공 업체를 운영해 오고 있었다.

그런데 박 씨 아저씨의 수성기계공업이 부도 위기에 몰렸다.

삼미특수강의 부도로 인해 법정관리에 들어가자 납품대

금으로 받은 어음이 아무 쓸모도 없게 되어버렸기 때문이다.

정부에서 한보와 삼미그룹의 부도로 어려워진 중소기업들을 지원하겠다고는 했지만, 지원을 받은 업체는 극소수에 불과했다.

"후! 1억 원어치를 납품하고 1억 원어치는 창고에 쌓여 있네. 그리고 이번 달 거래 업체에 주어야 할 돈만 7천만 원이야."

한숨을 내쉬며 말하는 박 씨 아저씨의 얼굴에는 절망이 묻어나왔다.

중소업체에 있어 2억 원은 큰돈이었다.

"허 참, 돈을 구할 방법은 없는 거야?"

박 씨 아저씨의 말에 아버지도 안타까움을 드러냈다.

분명 납품 기일을 맞추기 위해서 야근은 물론 휴일도 반납하고 일을 했을 것이다.

"돈줄이 아예 씨가 말랐어. 명동에도 나가보았는데 거래했던 사무실이 아예 문이 닫혀 있더라고. 그 사무실도 한보에 물려서 사장이 잠적했다고 하더군."

제2금융권은 물론 사채시장에서도 돈을 구하기 점점 힘들어졌다.

사채시장에 돈을 대는 전주들 상당수가 한보그룹과 삼미

그룹에 돈이 물려들어 갔다.

대기업의 회사채나 CP(기업어음) 발행 등도 제대로 이루어지지 않았고, 어음 할인도 특정 대기업 위주로 돌아가고 있었다.

CP 발행 금리는 14.4%로 1주일 사이에 1% 포인트 이상 올랐다.

"23년을 이끌어온 공장이잖아."

"후! 나도 그렇지만 공장 식구들이 문제야. 갈 데가 없어. 다른 공장들도 돈줄이 막혀서 자재 대금도 처리하지 못하고 있네. 이번 주만 다섯 개 공장이 부도가 났어."

한숨을 내쉬는 박 씨 아저씨가 집을 찾아온 단 하나였다. 돈을 구하기 위해서였다.

아들인 내가 사업에 크게 성공했다는 소문이 났고, 친한 분들이 집으로 놀러 와 사는 형편을 직접 눈으로 확인했었다.

"음, 얼마나 필요한 거야?"

"그동안 밀린 직원들 월급만이라도 줄 수 있게 3천만 원만 융통했으면 해."

박 씨 아저씨는 직원들을 자식처럼 아꼈고 그 때문인지 공장에는 10년 넘게 함께해 온 직원들이 대다수였다.

이미 삼미특수강의 부도로 인해 어음은 휴지 조각이나

마찬가지였다.

"알겠네. 그만한 돈은 내가 있네."

매달 아버지에게 충분한 용돈을 드렸고 그 돈을 아버지는 잘 쓰지 않고 모아놓으셨다.

아버지는 두 번의 보증으로 큰 낭패를 당하셨기 때문에 그 이후부터 돈거래는 잘 하지 않았다.

하지만 박 씨 아저씨는 아버지가 어려울 때 도움을 준 사람 중 하나였다.

"정말 고맙네. 내가 이 돈은 무슨 수를 내더라도 꼭 갚겠네."

아버지의 말에 박 씨 아저씨의 어둡던 표정이 조금은 환하게 바뀌었다.

*     *     *

태국의 바트화에 대한 공격이 본격적으로 시작되고 있었다.

JP 모건, 씨티은행, 골드만삭스, 리먼, 소로스 펀드 등의 공격자들이 수십억 바트(Baht)를 한꺼번에 팔아 치우며 바트화가 떨어지는 데 베팅을 걸었다.

"26.58 바트로 떨어졌습니다."

바트화의 가격은 공격이 시작되기 전 1달러당 25~26바트로 움직이고 있었다.

태국 중앙은행의 적극적인 개입으로 환율 상승이 아주 완만하게 진행되었다.

태국 바트화는 미국 달러화를 중심으로 환율을 고정하는 복수 통화 바스켓 방식으로 조정되고 있었고, 태국 정부는 바트화 환율 변동폭을 극히 제한된 수준에서 운영해 왔다.

"26.60!"

여의도 소빈뱅크 국제금융센터 딜러의 목소리가 커졌다.

바트화를 공격하는 국제 환투기 세력들은 현물시장과 함께 미래의 특정 날짜에 가격을 정하고 미리 거래하는 선물환시장 두 곳을 동시에 노렸다.

먼저 선물환시장을 공격해 미래의 바트화 가격을 떨어뜨려 현재 시장에서의 환율 상승 심리를 부추기기 위한 작전이었다.

"소로스 펀드에서 2억 바트를 팔았습니다."

"26.71바트!"

바트화는 어제보다 1.50바트가 상승했다.

"타일랜드은행의 반응은?"

연락을 받고 국제금융센터를 방문한 나는 센터장인 바실

리사에게 물었다.

바실리사는 모스크바 대학에서 수리학을 전공했고, 파리 경영대학원에서 금융학을 배웠다.

"적극적으로 개입하고 있습니다. 지금까지 15억 달러를 풀어 바트화를 사들이고 있습니다."

"오늘은 전초전에 불과해. 우리가 예측한 대로 움직이고 있으니까."

"말씀하신 대로 가지고 있던 바트화는 이미 정리했습니다. 정리한 금액으로 외환선물시장에 투자했습니다."

함께 상황을 지켜보고 있는 그레고리 지점장의 대답처럼 현물로 가지고 있던 바트화는 이미 시장에 내다 팔았다.

그리고 지금 바트화 절하를 노려 공격하는 환투기 세력들의 바람과 달리 소빈뱅크는 바트화 가격의 상승에 베팅했다.

"26.80으로 상승!"

전광판에 보이는 것처럼 지금은 환투기 세력이 우세한 모습이었다.

소로스 펀드와 타이거 펀드가 선두에 서서 주거니 받거니 수억 바트를 시장에 내다 팔았다.

\*　　　\*　　　\*

태국 중앙은행인 타일랜드은행의 딜링룸은 심각했다.

어제부터 시작된 국제 환투기 세력의 시간차공격에 대응하느라 정신이 없었다.

"26.85바트!"

"2억 달러를 더 풀어."

딜링룸의 책임자인 외화자산관리실장 티라쿤은 바트화 방어에 전권을 이임받았다.

티라쿤의 이마에서는 시원한 에어컨 바람에도 아랑곳하지 않고 땀이 쉴 새 없이 흘러내렸다.

이미 타일랜드은행이 가지고 있는 보유 외환에서 55억 달러를 꺼내 썼다.

하지만 바트화는 아직도 상승하고 있었다.

"철저하게 작전을 짰어."

티라쿤은 일주일 전 한 통의 전화를 받았다.

바트화에 대한 국제 환투기 세력의 공격이 임박했다는 말이었다.

티라쿤은 그 말을 무시할 수 없었다.

태국의 경제가 예상보다 심각해졌기 때문이다.

공격에 나선 헤지펀드들은 연초부터 바트화가 평가절하될 때가 됐다고 판단했다.

판단의 근거는 연초부터 태국 경기가 급속히 둔화하였고, 부동산 가격이 하락했다는 것이었다.

태국 은행들은 과도한 부동산 담보로 곤경에 빠져들었고, 경상수지 적자 폭이 증가 추세에 있었다.

이러한 변화에 약삭빠른 일부 외국 뱅커는 투자 자금을 회수하기 시작했다.

97년 2월부터 외국 자본이 태국 시장에서 부분적으로 철수함에 따라 달러 부족에 따른 바트화 하락이 있을 것이라는 분석이 국제금융시장에 돌았다.

"26.83!"

2억 달러를 풀어서 바트화를 사들였지만, 고작 0.02바트가 떨어졌다.

타일랜드은행의 움직임에 발맞추어 골드만삭스에서 3억 바트를 내다 팔았기 때문이다.

"이런, 젠장! 5억 달러를 더 매입해."

타일랜드은행의 보유 외환은 무한정이 아니었다. 최소한으로 아끼고 아껴야 하는 상황이었다.

'이대로는 힘들어.'

티라쿤은 자신의 앞에 놓인 전화기를 들었다.

혼자 힘으로 바트화를 공격하는 환투기 세력을 막기에는 역부족이었다.

*     *     *

"네가라(Negara)은행이 바트화를 사들이고 있습니다."

인도네시아의 중앙은행이 네가라은행이 움직인 것이다.

"27.27바트로 떨어졌습니다."

네가라은행이 7억 달러를 풀어 바트화를 사들이자 위로 올라가기만 하던 바트화의 상승세가 꺾였다.

"27.15바트!"

타일랜드은행은 네가라은행의 호응에 발맞추어 6억 달러를 시장에 더 풀어 바트화를 매입했다.

"놈들이 이 정도로 물러서지 않을 거야."

"27.18! 시티뱅크가 움직였습니다!"

내 말이 끝나기가 무섭게 외환 딜러가 소리쳤다.

다시금 바트화가 상승으로 돌아섰다.

시장을 지켜보고 있던 세력들이 하나둘 가세하기 시작했다.

공격자와 방어자 모두 숨겨진 카드들을 하나씩 꺼내놓고 있었다.

엎치락뒤치락 힘겨루기가 시작되는 모습이 무척이나 흥미진진했다.

티라쿤은 목이 말랐다.

인도네시아의 중앙은행인 네가라은행이 합세했지만 바트화를 공격하는 환투기 세력 또한 만만치가 않았다.

태국 정부는 1995년 자국 통화가 위기에 빠질 때 중앙은행 간에 서로 도와주기로 한다는 쌍무협정을 주변국들과 체결해 놓았었다.

이 협정을 통해서 인도네시아 네가라은행에 도움을 요청한 것이다.

"27.23바트로 다시 상승합니다."

골드만삭스에서 6억 바트를 내다 팔았다.

"이놈들이. 싱가포르는 움직임이 없나?"

티라쿤은 싱가포르 중앙은행인 싱가포르통화청(MAS)에도 도움을 요청했다.

"아직 움직임이 없습니다."

"3억 달러를 더 매집해!"

여기서 물러서면 끝이었다. 이미 타일랜드은행은 70억 달러를 소비했다.

"27.15! MAS가 움직였습니다."

"27.08!"

"27.03!"

순식간에 0.20바트가 하락했다.

싱가포르통화청(MAS)에서 10억 달러를 풀어 바트화를 매집한 결과였다.

싱가포르통화청은 외환거래의 경험이 풍부했다.

바트화를 매집할 최적기를 지켜보고 있었다.

"26.97!"

"승기를 잡았어."

티라쿤은 27바트가 무너지자 입가에 미소가 서렸다.

\* \* \*

"26.85바트입니다."

"이대로 물러나는 건가?"

"아닐 것입니다. 아직 리먼과 JP모건이 움직이지 않고 있습니다. 그동안 그들이 시장에서 매입한 바트화가 18억 바트 정도 됩니다."

내 말에 바실리사 센터장이 답했다.

"27.20바트로 상승했습니다."

아니나 다를까 리먼과 JP모건이 한꺼번에 10억 바트를 시장에 던졌다.

그에 발맞추어 소로스펀드와 타이거펀드도 들고 있던 바트화를 팔았다.

바트화를 공격하는 연합 세력과 방어하는 동맹 세력 간의 힘겨루기가 한창이었다.

10분간의 공방전을 펼칠 때 홍콩의 중앙은행 격인 홍콩금융관리국(HKMA)이 움직였다.

15억 달러로 소로스펀드와 타이거펀드가 내던진 바트화를 사들였다.

"26.90!"

"26.83!"

다시금 1달러당 27바트가 무너졌다.

위로 치솟던 그래프가 아래로 조금씩 떨어지고 있었다.

30분이 지나자 26바트도 위험해 보였다.

"후후! 1차 전투는 소로스 연합의 패배로 끝날 것 같군."

"결정적 한 방을 날릴 시간인 것 같습니다."

바실리사의 말에 나는 고개를 끄덕였다.

마지막 흑기사가 출동할 차례였다.

"태국에 선물을 줄 차례다! 원더 보이를 보내줘."

바실리사 센터장의 말에 소빈뱅크 딜러들의 손이 바빠졌다.

　　　　　*　　　　　*　　　　　*

"25.32!"

타일랜드은행 딜링룸의 분위기가 완전히 바뀌었다.

"소빈뱅크에서 25억 달러어치의 바트화를 사들였습니다."

이 말 한마디가 모든 것을 바꾸는 말이었다.

"약속대로 해주었어. 10억 달러를 더 풀어 놈들을 보내버려."

티라쿤 외화자산관리실장의 목소리에 자신감이 넘쳤다.

타일랜드은행과 홍콩금융관리국, 그리고 싱가포르통화청이 20억 달러를 더 풀자 바트화는 25바트 아래로 떨어졌다.

"24.37!"

"24.21!"

바트화는 가파르게 아래로 떨어졌다.

타일랜드은행이 말레이시아 중앙은행인 네가라은행, 홍콩금융관리국, 싱가포르통화청과 공동전선을 펴 140억 달러를 국제 외환시장에 풀어 헤지펀드가 매각한 바트화를 대량으로 사들인 결과였다.

여기에 소빈뱅크가 가세해 결정적인 순간 소로스 연합 세력의 힘에 커다란 구멍을 만들어놓았다.

최종적인 바트화 환율은 1달러당 24바트로 4주 전보다 12% 이상 평가절상됐다.

바트화 절하를 노려 공격했던 헤지펀드들은 상대적으로 투자액의 12%에 해당하는 금액을 손해 본 것이다.

단기 투자에서 3%의 수익을 올려야 남는 장사인 헤지펀드에 있어 마이너스 12%는 엄청난 손실이었다.

헤지펀드가 손해를 입은 수십억 달러의 손실은 고스란히 소빈뱅크가 차지했다.

더구나 소빈뱅크는 외환 선물시장에서 태국 바트화가 24바트로 정확히 절상될 것이라고 베팅했다.

그렇게 만들기 위해서 공격이 있기 전 타일랜드은행과 사전에 협의를 맺었다.

그러나 전투는 끝나지 않았다.

헤지펀드가 이대로 물러날 리 없기 때문이다.

선물시장에 수십억 달러가 묶여 있었고, 지금의 손해를 감수하고 물러나기에는 태국의 경제 상황이 여의치가 않았다.

태국의 외환 보유고가 이번 공격에서 상당 부분 소모되었고, 기업들의 외화 부채가 870억 달러에 달한다는 결정적

약점을 안고 있었다.

　더구나 환율 전쟁은 누가 더 많은 돈을 가지고 오래 버티
느냐가 승부의 관건이었다.

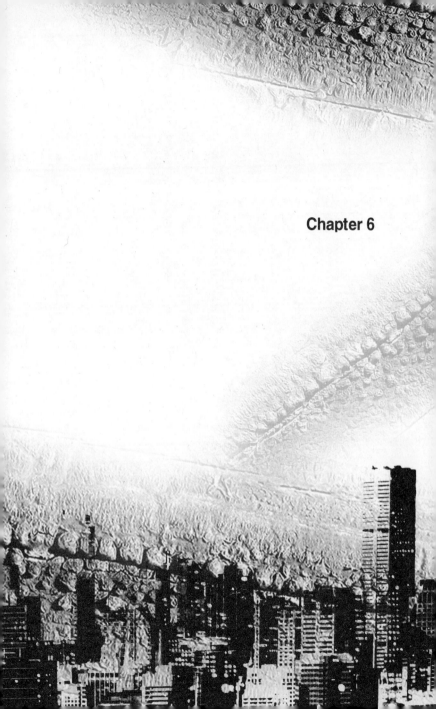

Chapter 6

바트화를 두고서 벌어진 1차 환율 전쟁을 통해서 소빈뱅크는 21억 달러를 벌어들였다.

환투기 세력이 손해를 본 금액을 고스란히 소빈뱅크가 거두어들인 것이다.

바트화 공격에 있어 환투기 세력은 이자율이 낮은 엔화 자금을 빌려와 사용했다.

문제는 엔화가 전달에 비해 상승세로 돌아서 13%나 상승했다는 점이었다.

투기 세력 입장에서 엔화가 상승세로 돌아서자 자금을

동원하는 비용과 리스크가 커졌다.

하루에도 1조 달러 이상의 외환이 거래되는 국제 금융시장에서 바트화 공격에 동원된 자금은 1백억 달러 정도로 추측했다.

하지만 바트화를 방어하는 입장에서는 1백억 달러 이상이 소모되었다.

"소빈뱅크가 예상과 다른 방향으로 움직였습니다."

조지 소로스 펀드의 선봉장인 드러큰밀러 매니저가 소로스에게 보고했다.

소빈뱅크는 그동안 소로스 펀드에 협조적이었고 시장을 대하는 방향이 동일했었다.

작년 일본의 엔화 공략에서도 소빈뱅크와는 죽이 잘 맞았다.

"연합군이 아닌 동맹군 편에 서겠다는 건가?"

"그게 확실치가 않습니다. 이번 일은 소빈뱅크가 사들인 외환선물 때문인 것 같습니다. 저희와 달리 소빈뱅크는 바트화가 절상된다는 쪽에다 베팅했습니다. 그 때문에 막판에 바트화를 사들인 것으로 보입니다."

"음, 우리와 반대되는 방향으로 움직였다. 사전에 우리의 움직임을 알고 있었다는 건가?"

"정확히는 모르더라도 예측은 하고 있었을 것입니다. 하지만 이번 작전이 실패는 아닙니다. 태국이 외화자금을 관리하기 위해 단기금리를 다시금 상승시켰습니다."

태국 정부는 연초부터 바트화를 방어하기 위해 고금리 정책을 썼다.

국내 금리를 높여야만 태국 내로 들어온 달러가 빠져나가지 않기 때문이다. 하지만 고금리 정책으로 인해 주식시장이 대가를 톡톡히 치러야만 했다.

연초부터 태국의 주식시장은 32% 빠졌고, 외국인 기관투자자들은 그로 인해 큰 손해를 보았다.

그러자 태국 시장에서 발을 빼는 기관투자자들이 늘어났다.

한마디로 가파른 금리 상승은 태국 기업들의 이자비용을 늘리고, 기업 투자에 필요한 자금을 빌릴 수 없게 만들었다.

기업의 투자 감소는 성장을 둔화시키고, 기업 이익을 줄어들게 만드는 요소다.

이러한 상황이 태국 기업들의 주가를 하락시키는 요인으로 작용했다.

"음, 주식시장이 더욱 요동치겠군. 이번 공격은 동맹군의 전력을 파악하기 위해서일 뿐이야. 타일랜드은행의 달러가 얼마나 남았지?"

"190억 달러 언저리로 보고 있습니다. 이번 공격으로 최소 80~90억 달러를 소진한 것 같습니다."

"태국을 도운 세 나라가 소진한 금액이 50억 달러 정도로 보면 되겠군."

"예, 적어도 130억 달러 이상의 외환 보유액이 사라졌습니다."

"첫 공격은 판을 더 키우기 위한 구실일 뿐이야. 재무부 채권은 매각 중인가?"

헤지펀드는 이번 공격을 만회하기 위해서 미국 재무부 채권을 팔고 있었다.

그리고 연합 세력에 국부펀드와 연기금을 끌어들였다.

"예, 현재까지 70억 달러를 현금화시켰습니다."

"이번에는 다를 거야."

"예, 2차 공격에는 적어도 5백억 달러가 동원될 예정입니다."

"소빈뱅크 놈들을 만나봐. 장난질은 이번 한 번이면 충분하니까. 이번에도 판을 깨면 다음 화살을 러시아로 돌린다고 해. 그리고 놈들이 사들인 바트화를 우리에게 넘기라는 말도 전해."

조지 소로스의 최종 목표는 궁극적으로 러시아였다.

"예, 놈들도 장난질이 두 번은 통하지 않을 것을 알고 있을 것입니다."

스탠리 드러큰밀러는 소빈뱅크가 운이 좋았을 뿐이라고 생각했다.

그러나 소빈뱅크가 헤지펀드들의 모든 움직임을 손바닥처럼 보고 있다는 것을 알지 못했다.

*　　*　　*

닉스홀딩스 계열사들은 작년 말부터 외환 위기를 대비해 왔다.

기업마다 보유 부동산을 줄이고 현금성 자산을 늘려왔다.

주거래은행인 소빈뱅크와 국민은행에 자금을 나누어서 보관했다.

하지만 현금성 자산 80%는 소빈뱅크 서울 지점에 보관 중이었다.

부동산 시장의 경기가 좋을 때 불필요한 부동산을 정리한 계열사들은 운신이 가벼웠다.

계열사 중 적자를 내는 기업이 없었고 대부분이 수출로 외화를 벌어들였다.

"필요한 부동산을 제외한 대부분 토지와 건물들이 정리

되었습니다."

닉스E&C를 책임지고 있는 박대호 대표의 말이었다.

부동산 자산이 제일 많은 기업이 닉스E&C였다.

"적기에 마무리가 되었네요. 조금만 늦었으면 우리도 매각이 힘들었을 것입니다."

경기도 일대의 토지와 수도권의 건물을 매각했다.

하지만 재작년 매입한 제주도의 땅은 그대로 소유하고 있었다.

제주도의 토지는 닉스호텔에서도 상당 부분 소유 중이다.

"예, 현재 자금을 마련하기 위해서 기업들이 너도나도 매물을 내어놓고 있어 부동산 시장이 급속히 얼어붙고 있습니다."

박대호 대표의 말처럼 기업들은 현금을 구하기 위해 동분서주하고 있었다.

금융권의 신규 대출은 거의 이루어지지 않았고 종금사를 비롯한 파이낸셜, 캐피탈 등 제2금융권도 현금을 확보하기 위해서 여신을 회수하기 시작했다.

기업들을 봐주다가는 자신들도 문을 닫게 되는 것이 아닌가 하는 공포가 퍼져 나갔다.

"기업들도 문제지만 은행과 종금사들의 구조적인 문제가

도마 위에 올라설 것입니다. 지금은 기업이지만 앞으로는 금융권이 문을 닫는 것을 눈으로 보게 될 것입니다."

"은행들에는 정부에서 지원을 해주지 않겠습니까? 은행이 망한다는 것은 경제 자체가 마비되는 형태인데요."

박대호 대표 또한 은행이 망한다는 생각을 하지 못하고 있었다.

"은행들이 빌려온 것은 한국은행에서 발행하는 원화가 아닙니다. 갚아야 할 돈들이 달러나 엔화라는 것이 문제입니다. 앞으로 환율이 빠르게 상승할 것입니다. 그에 대해 대비도 해놓으십시오. 올해 말까지 1달러당 2천 원이 넘어설 수도 있습니다."

현재 환율은 850~900원대에서 머물고 있었다.

그나마 정부의 개입으로 9백 원대를 넘어서지는 않았다.

"예, 2천 원이라고요?"

박대호 대표는 놀란 표정이 되어 내게 다시 물었다.

"예, 올해 안에 2천 원까지 상승할 것입니다. 닉스E&C도 외환 관리에 특별히 신경을 써야 합니다."

정확히 12월 24일 오전 10시에 2,067원으로 고시되었다.

이는 극심한 외화 부족과 함께 국제 신용평가기관들이 한국의 신용등급을 일제 2단계에서 최대 4단계까지 낮춘 결과였다.

여기에 외채 규모가 알려진 것보다 훨씬 많은 2,400억 달러에 이른다는 정부 발표가 기름을 부었다.

"정말 믿고 싶지 않은 이야기입니다."

"일어나지 않았으면 좋겠지만 닉스홀딩스 경제연구소와 소빈뱅크가 동시에 예측한 결과입니다."

사실 이렇게까지 정확히 맞출 수는 없었다.

보고서에 나오지 않은 이야기들을 기회가 될 때마다 조금씩 회사 대표들에게 알려주었다.

"그렇게 된다면 나라가 망할 수도 있겠습니다."

박대호의 말처럼 수출로 먹고사는 나라에 있어 급격한 환율 변화는 기업들의 운영을 어렵게 만들 수밖에 없었다.

더구나 수입에 의존하는 석유나 원자재의 가격이 비싸지면 당연히 생산단가가 올라가게 되고, 기업은 이윤을 맞추기 위해 상품 가격을 올릴 수밖에 없다.

이것은 곧 해외시장에서 경쟁해야 하는 국산 제품들의 가격을 상승시켜 시장경쟁력이 떨어지고 경쟁국에 밀려 매출 하락으로 이어진다.

적정한 환율 상승은 수출 기업에 활력을 줄 수 있지만, 급격하고 도가 넘어서는 환율 변동은 기업의 생존까지 위협할 수 있었다.

"우리 같은 기업인들이 나라에 도움 될 수 있게 움직여야 할 때입니다. 올해는 닉스 E&C가 해외 수주에 더욱 신경을 쓰는 한 해가 되게 하십시오."

"예, 무슨 말씀인지 알겠습니다."

닉스 E&C의 일거리는 앞으로도 2~3년은 문제없었다.

신의주 특별행정구와 러시아를 비롯한 중국의 파이프라인 공사 때문이었다.

올해부터 신의주와 개성을 연결하는 파이프라인 공사와 함께 신의주 특별행정구와 블라디보스토크를 연결하는 철도 증설 공사도 시작된다.

\*　　　\*　　　\*

시티폰(CT-2)의 상용 서비스가 3월 20일 시작되었다.

기존 휴대폰에 비해 서비스 요금이나 단말기의 가격이 3분의 1 수준인 시티폰의 등장은 통신 시장에 새로운 바람으로 여겨졌다.

당대 인기 개그맨인 김국진과 이홍렬을 앞세운 한국통신과 서울이동통신의 시티폰 TV 광고가 안방에 전달되어 사람들의 관심을 더욱 끌어들였다.

나래이동통신 또한 작년에 인수한 한국산업은행 농구단

선수들을 이용해 광고를 내보냈다.

계획했던 것보다 두 달 정도 늦게 상용화가 이루어졌지만, 보름 동안 8만 6천1백 명의 가입자를 유치하며 출발이 나쁘지 않았다.

가장 많은 가입자를 유치한 곳은 한국통신이었고 그다음이 나래이동통신과 서울이동통신이었다.

"지금까지 수도권 지역에서 한국통신이 4만 9천3백96명을 끌어들였고 저희와 전략적인 제휴를 맺은 나래이동통신이 2만 4천1백88명, 그리고 서울이동통신이 1만 2천5백16명을 유치했습니다."

필립스코리아는 나래이동통신에 750억 원을 투자해 지분 35%를 가져왔다.

시티폰이 처음 개통한 곳은 서울, 광명, 과천 등 서울 지역 번호인 02를 사용하는 지역이었다.

"현재까지 팔려 나간 단말기는 4만 3천 대로 저희 필립스코리아가 시티폰 단말기 시장점유율 1위를 달성했습니다. 앞으로 각 지역 사업자가 사업을 개시하고, 수도권 주요 도시와 광역시급 지방 주요 도시로 시티폰이 확대되면 올해는 적어도 1백만 명 이상이 시티폰을 사용할 것으로 예상됩니다."

필립스코리아를 맡고 있는 박경수 대표는 자신감 넘치는

말투로 보고했다.

"음, 나쁘지 않아. 이대로라면 올해 40~50만 대는 팔 수 있겠군."

올해 휴대폰 단말기 시장을 350만 대로 보고 있었고 시티폰 단말기는 최대 130만 대까지 예측했다.

"예, 최소 판매 수량을 50만 대로 잡고 있습니다. 시장에서도 저희 시티콜에 대한 평가가 매우 뛰어난 것으로 파악되었습니다. 시티콜에 대한 TV 광고도 곧 내보낼 예정입니다."

필리스코리아가 제작한 시티폰 단말기 이름이 시티콜이었다.

필립스코리아는 현재 시티폰 단말기 제조에 뛰어든 현대전자, 한화정보통신, 태광전자, 텔슨전자를 비롯하여 엠아이텔, 유양정보통신, 제일정밀 등 벤처기업과도 경쟁을 벌이고 있었다.

하지만 일찌감치 휴대폰과 PCS폰이 아닌 시티폰에 주력한 필립스코리아가 시장을 앞서 나가고 있었다.

필립스코리아는 시티폰을 통해 무선호출기 시장의 점유율도 올린다는 계획이었다.

내년에 선보일 PCS폰에 대해서도 충분한 대비를 갖추어 놓는다면 2~3년간은 시티폰 시장을 선도할 수 있을 것으로 내다보았다.

"좋아, 끝까지 잘 해봐."

대산그룹의 이대수 회장은 박경수 대표의 보고가 마음에 들었다. 시티폰 가입자의 수가 예상대로 나와준 결과 때문이었다.

단말기 판매 수입도 중요했지만, 나래이동통신의 가입자 수가 늘어날수록 지분을 가진 필립스코리아 또한 시티폰 이용 금액의 일정 부분을 받을 수 있었다.

현재 시티폰을 개통하는 데 드는 비용은 단말기 가격과 가입 비용을 합쳐 30만 원 수준이었다.

올해 1백만 명이 예상되는 시티폰 가입자 중 최대 30만 명이 나래이동통신을 선택할 것으로 보고 있었다.

30만 명이 고정적으로 내는 시티폰 요금은 안정적인 수입원이 될 수 있었고, 앞으로 5백만 명 가입자를 바라보고 있는 시티폰이었기에 앞날은 밝게 보였다.

"예, 기대하신 이상으로 보여 드리겠습니다."

박경수 대표의 자신감 있는 대답에 이대수 회장의 얼굴에도 미소가 지어졌다.

Chapter 7

소빈뱅크에 이전에 볼 수 없는 풍경이 벌어졌다.

30대 기업의 재무 관계자들은 물론, 한국에서 내로라하는 기업의 관계자들도 소빈뱅크를 방문하고 있었다.

목적은 단 하나였다.

돈을 빌리기 위해서 아침부터 이른 발걸음들을 하는 것이다.

소빈뱅크의 대출창구는 올해 들어 더욱 바빠졌다.

"죄송합니다. 이 조건으로는 대출을 해드릴 수 없습니다. 담보를 더 제공하시길 바랍니다. 추가 담보가 있더라도 저희 은행 기준에 맞지 않으면 대출은 이루어지지 않습니다."

대출 직원의 말에 상담을 받던 인물의 표정이 어두워졌다.

소빈뱅크는 그나마 다른 은행과 달리 담보를 제공하면 대출이 이루어졌다.

잠시 머뭇거리던 사내가 일어나자마자 60대로 보이는 인물이 서류 봉투에 담아온 대출 서류들을 꺼내며 자리에 앉았다.

"저는 담보로 제공할 것이 공장과 집밖에는 없는데 이것들도 담보로 잡혀서……."

눈치를 보며 말을 하는 인물은 아버지를 찾아왔던 박 씨 아저씨였다.

박 씨 아저씨가 운영하는 수성기계공업은 아버지가 빌려준 3천만 원으로 간신히 부도는 넘겼다.

빌린 돈으로 직원들에게 밀린 월급을 내어놓자 직원들이 다시금 절반의 돈을 공장을 위해서 내어놓았다.

그 돈으로 급한 불을 껐다.

하지만 이번 달까지 1억 원을 마련하지 못하면 부도를 피할 수 없었다.

"하하하! 정말 그러시네요. 이 담보는 전혀 쓸모가 없는

데요."

대출 담당 직원은 어이없는 표정으로 말했다.

이미 공장과 사는 집은 주택은행과 한일은행에 근저당이 잡혀 있었다.

차라리 서류를 준비해 오지 않은 것이 나았다.

"그게 친구가 한번 가보라고 해서. 그냥 오기는 그렇고 해서……."

은행 직원의 말에 멋쩍은 웃음을 지으며 말하는 박 씨 아저씨의 표정은 씁쓸하게 변했다.

은행 대출창구는 언제나 주눅이 들게 만드는 기운이 있었다. 더구나 외국 은행은 처음이라 그 느낌이 더했다.

"친구분이 뭘 잘못 아시고 말씀하셨나 보네요. 다음 기회에 이용해 주십시오."

대출 직원은 웃음을 띠며 박 씨 아저씨가 내민 서류를 다시금 돌려주었다.

"미안합니다. 바쁜데 시간을 뺏어서……."

잠시나마 기대를 했던 자신을 질책하며 의자에서 일어나려고 할 때였다.

뒤편에 앉아 있던 한 인물이 박 씨 아저씨의 말을 듣고는 대출창구로 다가왔다.

"누구의 소개로 오셨습니까?"

그는 가슴에 최종석 과장이라고 쓰여 있는 명찰을 달고 있었다.

최종석의 말에 어리둥절한 표정이 된 것은 대출창구 직원과 박 씨 아저씨였다.

"강백준이라고, 어제 제게 전화를 해서 여기에 가면 대출이 될지도 모른다고 해서요."

"아, 예. 기다리고 있었습니다. 이쪽으로 오십시오. 내가 처리할 테니까, 이 주임은 계속 일 봐."

"아, 네."

놀란 눈의 이 주임을 뒤로한 채 최종석 과장이 박 씨 아저씨를 안내한 곳은 VIP룸이었다.

은행의 VIP급 손님이나 특별한 손님이 아니면 안내되지 않는 곳이다.

허름한 잠바를 입고 온 사람이 들어갈 것이라고는 누구도 예상치 못했다.


"대출 금액은 2억 원입니다. 금리는 특별금리로 해서 1.5%입니다. 이 정도면 부담이 없으시겠죠."

시중은행의 대출금리가 평균 12%에 달하는 상황에서도 대출을 얻을 만한 곳이 드물었다.

은행들은 약속이나 한 것처럼 신규 대출을 중단하다시피

했다.

시중 실세 금리를 반영하는 3년 만기 회사채 수익률도 12.69%에서 이번 달 들어 13%를 넘어서려는 분위기였다.

회사채 발행은 건실한 대기업이나 가능한 일이었고 중소기업들은 돈 가뭄에 시달릴 뿐이었다.

"1.5%면 한 달에 30만 원이네요. 정말 이대로 대출을 해주시는 것입니까?"

매달 3백만 원이 넘어서는 이자를 내오고 있던 박 씨 아저씨는 최종석 과장의 말을 믿을 수가 없었다.

"예, 대신 어디 가서서 이자율에 대해서는 절대 말씀하시면 안 됩니다. 그리고 저희가 내어드리는 대출금으로 근저당권을 푸시고 오늘 가져오신 서류를 다시 저희에게 제출하십시오. 이 담보로 대출을 해드리는 것이니까요."

"아이고! 선생님, 정말 고맙습니다. 죽어가는 사람을 살려주신 것입니다. 이 은혜를 어떻게 갚아야 할지 모르겠습니다."

"하하하! 아닙니다. 저희 은행이 선정한 중소업체 지원 사업에 자격 조건이 되신 것입니다."

최종석은 있지도 않은 조건을 이야기했다.

"정말 감사합니다. 정말 오늘 일은 절대 잊지 못할 것입니다."

박 씨 아저씨는 연신 최종석 과장에게 고개를 조아리며
감사함을 표했다.

지푸라기라도 잡는 심정으로 방문했던 소빈뱅크에서 모
든 문제를 해결할 줄은 꿈에도 몰랐다.

더구나 돈을 구한 것은 물론이고 말도 안 되는 이자율이
믿기지 않았다.

30%의 금리를 준다고 해도 돈을 구하고 싶은 심정이었기
때문이었다.


박 씨 아저씨의 행운은 여기에 그치지 않았다.

다음 날 닉스철강에서 연락을 받고 납품 계약을 맺었다.

기존에 삼미특수강에 납품하려 했던 제품을 고스란히 닉
스철강에서도 사용 가능하다는 통보까지 받았다.

문을 닫을 뻔했던 수성기계공업이 다시금 힘차게 돌아갈
수 있는 여건이 마련된 것이다.


＊　　　＊　　　＊


"수성기계공업은 말씀하신 대로 처리했습니다."

김동진 비서실장의 보고였다.

"잘하셨습니다. 저도 아버지께 드릴 말이 생겼네요."

아버지에게 박 씨 아저씨에 대한 이야기를 듣고 난 후 곧바로 도움을 줄 방안을 마련하도록 지시했었다.

"축적된 기술도 있는 건실한 업체였습니다."

"음, 대기업이 무너지는 지금 수성기계공업 같은 곳이 하나둘이 아닐 것입니다."

"예, 이미 한보와 삼미그룹으로 인해 2천여 업체들이 부도가 발생했습니다. 앞으로 진로와 대농그룹까지 넘어지면 그 숫자가 배로 넘어설 것입니다."

삼미그룹이 3월 20일 부도가 나자 자금시장은 더욱 경색되었다.

한보와 삼미그룹에 돈이 물린 종금사들은 어음을 만기 연장하지 않는 방법으로 자금 회수를 하고 있었다.

"진로 관계자도 소빈뱅크를 찾아왔었습니까?"

"예, 진로와 대농그룹은 물론 30대 재벌 그룹에 속한 기업들이 자금을 구하기 위해 매일 방문하다시피 하고 있습니다."

자리를 함께한 그레고리 지점장의 말이었다.

그레고리는 이제 한국말을 알아듣고 어눌한 말투이지만 대답도 한국어로 했다.

"그들의 문제점이 보였나?"

"예, 몇몇 기업을 제외한 기업들 대부분이 남의 돈으로 사업을 과다하게 벌여놓았습니다. 더구나 문제는 차입 구조에 있어 종금사에 빌린 단기성 자금이 상당 부분을 차지하고 있었습니다. 진로그룹을 보면 은행에서 차입한 여신은 5,080억 원인데 반해 종금사에서는 1조 5,900원을 빌렸습니다. 대농그룹도 종금사 여신 6,350억 원에 달했고 은행여신은 6,027억 원이었습니다. 이러한 자금 흐름은……."

종합금융사(종금사)의 여신은 은행 대출이 보통 1년 정도를 보장해 주는 것과는 달리 길어야 3개월 정도 빌려준다.

여기에 기업이 부도설에 휩싸이거나 좋지 않은 소문이 발생할 경우 대출 기간을 1주일 미만으로 줄인다.

기업들이 은행보다 비싼 이자를 물며 종금사에 돈을 빌리는 이유는 절차가 은행보다 까다롭지 않고 간소했으며 무담보 신용대출을 주로 했기 때문이다.

한마디로 돈을 빌리기가 쉬웠다.

"단기성 자금을 가지고서 장기투자를 단행한 것도 문제지만 그 자금이 대다수가 빚이라는 것이 더 큰 문제입니다. 소빈뱅크에 제출된 기업들의 여신 상황을 살펴보면 왜 문제가 발생할 수밖에 없는지를 확연히 알 수 있었습니다."

소빈뱅크를 찾은 기업들은 대출을 위해 자신들의 상황을 정확히 알려야만 했다.

그 서류에서 나타난 것은 방만한 투자와 무계획적인 자금 사용이었다.

"그동안 대내외의 기업 환경이 순탄해 쉬운 길만 걸어와서 그렇습니다. 다들 눈앞의 결실만을 따먹으려는 길을 가려고 하지 어려운 길은 회피한 결과이기도 하고요. 계획했던 것처럼 기술력과 경쟁력을 갖춘 기업들 위주로 자금을 융통해 주어야 합니다. 이 나라를 위해서도 정리할 곳은 과감하게 정리해야 하니까."

소빈뱅크는 국내 기업에 대한 지원과 인수를 위해 100억 달러를 준비하고 있었다.

"예, 말씀하신 대로 진행하겠습니다."

그레고리는 내가 이야기한 뜻을 잘 이해하고 있었다.

"한라그룹과 대산그룹의 상황은 어떻습니까?"

오른쪽에 앉은 김동진 비서실장에게 물었다.

올해는 대선까지 겹쳐 미르재단의 핵심 구성원인 두 기업의 움직임도 활발했다.

"대산그룹의 자금 사정은 한라그룹보다는 나은 상황이지만 연말이 되면 문제가 발생할 여지가 큽니다. 더욱이 저희가 조사한 바로는 대산그룹이 야심차게 추진한 대중국 투자가 생각만큼 매출이 나오지 않을 것 같습니다. 그리고 집중투자가 진행되고 있는 시티폰 사업이 본궤도에도 오르기 전에 PCS폰이 등장하게 되면⋯⋯."

대산그룹의 공격적인 대중국 투자는 계획했던 것만큼의 투자 효율을 올리기 힘들 것이라는 보고서가 닉스경제연구소에서 나왔다.

유통 사업을 뒷받침해 줄 중국 내 제반 여건과 인프라가 생각보다 늦어지고 있었고, 소비층도 생각만큼 빠르게 늘지 않았다.

중국 내 유통 사업은 대산그룹이 바라보았던 것보다 2~3년 후가 되어야 자리를 잡을 수 있을 것으로 예상했다.

문제는 대산에너지에서 수천억 원의 손해를 보아서인지 그룹 내 분위기가 바뀌어 단기간에 매출과 이익을 볼 수 있는 사업에 몰두하는 경향을 보인다는 것이었다.

그 사례가 필립스코리아의 시티폰 사업 진출이다.

"한라그룹은 대산그룹보다 심각한 상황입니다. 그룹 차원에서 진행되고 있는 구조조정이 계획대로 진행되고 있지 않은 상황입니다. 거기에다가 유화제품의 가격 하락으로 한라그룹의 돈줄 역할을 하는 한라화학마저 현금 흐름에 어려움을 겪고 있습니다. 진로그룹의 문제가 터지면 한라그룹도 크게 흔들릴 것입니다."

김동진 비서실장의 말처럼 연쇄적으로 발생하고 있는 재벌들의 부도가 다른 재벌들에도 영향을 미치고 있었다.

더구나 한라그룹도 다른 그룹처럼 몸집 불리기에 힘을 쏟았고 한라에너지에 과도할 정도로 투자를 단행했다.

"음, 한라그룹도 올해를 넘기기는 힘들 것 같군요."

한라그룹의 은행권 여신보다 종금사에 대한 여신이 3배 가까이 되었다.

한라그룹은 작년 말부터 부채비율이 급격히 증가해 올해 초 650%를 넘어섰다.

＊　　　＊　　　＊

4월 초의 주식시장은 670~680선을 유지하며 횡보했다.

작년 이맘때쯤보다 200포인트가 빠진 상황이었고, 거래대금도 1조 5천억 원에서 5천8백억 원으로 쪼그라들었다.

"시발! 다 죽으라는 소리야. 개새끼들⋯⋯."

전광판을 쳐다보는 사내가 욕을 쏟아냈다.

전 업종이 하락하는 추세가 4월 초에도 이어지고 있었다.

위기설이 나돌고 있는 기업들의 주가는 빌빌대며 반등할 기미가 전혀 보이지 않았다.

"후! 여기서 그냥 던져야 하나?"

작년 동화은행에 퇴직금 대부분을 투자한 60대 투자자가 욕을 한 사내 뒤에서 한숨을 내쉬며 말했다.

그가 동화은행에 투자한 이유는 단 하나, 개성이 고향인 실향민이었기 때문이다.

동화은행은 북한에 고향을 둔 이북 5도민들이 연합해서 만든 은행이다.

동화은행은 오늘도 70원이 하락한 3,530원에 거래되고 있었다.

3천 원대에 거래되는 은행주는 동화은행과 동남은행, 상업은행, 서울은행, 그리고 제일은행이었다.

이들 은행 모두 한보와 삼미그룹으로 인해 손해를 입은 은행들이었다.

상장된 26개 은행주 중에 1만 원대를 유지하는 은행주는 국민은행, 주택은행, 신한은행, 장기은행, 하나은행, 한미은행뿐이었다.

작년 11월 주식시장에 상장된 동화은행 주식은 액면가 5천 원 아래인 4천 원대에 머물다 올 초 3천 원대로 주저앉은 후 가격을 회복하지 못한 채 횡보하고 있었다.

"정부가 설마 다 죽이겠어. 버티는 놈만 살아남는 거야."

그의 말에 옆에 앉은 비슷한 나이로 보이는 사내가 답했다.

사내의 말처럼 정부는 나름대로 대기업의 부도를 막기

위해 갖은 노력을 기울이고 있었다.

하지만 한번 악순환의 고리에 접어든 금융시장은 정부의 바람과는 달리 자금경색이 더욱 악화되며 원치 않은 방향으로 달려갔다.

청와대의 김영삼 대통령은 더는 대기업의 부도를 일어나지 않게 하라는 특별 지시를 재정경제부에 내렸지만, 부도가 불가피한 기업이 부도가 나지 않도록 묘안을 짜는 것은 쉬운 일이 아니었다.

*　　　*　　　*

한국 재벌들은 한국 경제 성장의 공이 온전히 기업인의 실력 덕분이라고 스스로 자평했다.

한국의 기업과 산업은 세계 정상을 눈앞에 두고 있지만, 후진적 행정과 정치가 자신들을 따라주지 못하고 걸림돌이라 여긴 것이다.

기업들과 산업계 모두 정부의 불필요한 규제와 행정 절차가 풀린다면 세계 일류로 바로 진입할 수 있다고 장담했다.

그들이 한목소리로 요구한 것은 자본시장 자유화였다. 국내 금리가 너무 높으니 해외 자본을 자유롭게 빌려 쓰게

끔 규제를 풀어달라는 것이었다.

한마디로 경제는 기업인이 책임지겠다는 논리였다.

이 주장은 김영삼 정부가 내건 국정 기조인 세계화에서 명분을 얻었고, 빗장이 풀리자 재벌들은 너나 할 것 없이 외채를 잔뜩 끌어들였다.

금융회사들이 앞다투어 들여온 외채의 상당 부분도 기업들에 흘러들어 갔다.

상환 능력을 한참 초과하도록 남의 돈으로 잔치를 벌였던 재벌들은 이제 그 대가를 치르고 있었다.


"요즘 회사 분위기가 왜 이리 어두워?"

정문호 차장은 자신에게 일을 가르쳐 주는 김종현 대리에게 물었다.

김종현은 본사 기획실 출신으로 다음 달 과장으로 진급할 예정이다.

'허! 이 새끼는 신문도 안 보나?'

"지금 진행 중인 주유소 투자가 10월까지 마무리되어야 하는데, 자금이 좀 꼬이는 것 같습니다."

"자금이 왜? 회사에 돈이 없어?"

정문호는 김종현의 말에 그다지 심각하지 않은 표정으로 다시 물었다.

'와! 정말. 한 대 치고 싶네.'

"예. 지금 계획대로라면 경기권 일대의 주유소 건설은 이번 달까지는 끝나야 합니다. 한데, 공사대금이 지급되지 않아서 중단될지도 모른다는 말이 나오고 있습니다."

생각과 다르게 김종현 대리는 웃으면서 다시 설명을 이어갔다.

"허 참! 본사에 요구하면 되잖아. 아니면 은행에서 빌리던가."

"그게 한보와 삼미그룹이 부도가 난 이후에는 은행이나 종금사에서 신규 대출을 해주지 않으려고 합니다. 더 큰 문제가 저희 쪽 자금을 본사에서 끌어다 썼는데, 약속한 날짜에 주지 못한 걸 보면 본사 쪽 자금 집행에도 문제가 생긴 것 같습니다."

한라에너지의 주유소 토지를 담보로 빌린 자금 중 일부가 ㈜한라의 대출금을 갚는 데 사용되었다.

계획대로라면 이번 달 초 한라에너지에 다시금 3백억 원이 들어와야만 했다.

"아니, 우리에게 빌려 갔으면 빨리 줘야지. 주유소를 완공 못 하면 닉스정유에서 공급받는 휘발유와 경유도 줄어드는 것 아냐?"

"예, 회사도 그걸 걱정하고 있습니다. 닉스정유와 계약

당시 최소 공급량이 정해진 것으로 알고 있습니다. 한마디로 저희가 소비해 주어야 할 양이 있는 거죠."

"음, 심각한 일인데. 이거 회사가 본격적으로 돌아가기도 전에 문 닫는 것 아냐?"

정문호는 그제야 무엇이 문제인지 깨달았다.

'아주 돌대가리는 아니네.'

"계약서대로라면 일정 기간 이행을 못 할 경우 위약금과 함께 계약 파기까지 갈 수 있습니다."

"아! 시발. 임원들은 대체 뭐 하는 거야? 일을 제대로 하는 거야?"

탕!

정문호는 김종현 대리의 말에 책상을 내리치며 화를 냈다.

가끔 임원 회의에도 참석했지만 따분한 말들이 오가는 자리라 하품만 나와 졸기 바빴다.

회사와 연관된 중요한 내용이 오가는 자리였지만 놓치기 일쑤였다.

"내가 한번 움직여야지 안 되겠어."

"예? 차장님이 어떻게?"

"어떡하긴 뭘 어떡해. 본사에 가서 돈 달라고 해야지."

'아! 물어본 내가 잘못했네.'

"은행 쪽 문제가 연결된 건이라서 본사도 어쩔 수 없을 것입니다. 요즘 저희뿐만 아니라 모든 기업들이 자금을 끌어들이려고 장난이 아니라고 합니다."

"그건 본사가 알아서 하라 그래. 난 지금 한라에너지가 중요해."

정문호는 자리에서 일어나 코트를 챙겼다.

'정말 가려나 보네.'

"차장님, 부장님에게는 말씀드려야지요."

"몰라. 네가 알아서 대충 전달해."

정문호는 정태술 회장의 지시로 부서장인 김훈 부장에게 행적을 보고해야만 했다.


정문호가 실제로 발걸음을 옮긴 곳은 본사가 아닌 강남의 한 오피스텔이었다.

그곳은 평일 오후였지만 한창 포커판이 벌어지고 있었다.

"이 시간에 여기 오시면 안 되잖아요."

그를 맞이하는 것은 30대로 보이는 미모의 여자였다.

"후! 머리가 아파서 견딜 수가 있어야지. 칩으로 바꿔와."

자리에 앉자마자 담배를 입에 문 정문호는 지갑에서 수

표 다발을 꺼내 들며 말했다.

아무리 적응하려고 노력해도 회사에 머무는 순간부터 자신을 억누르는 답답함 때문에 미칠 것 같았다.

"다요?"

여자는 수표를 세워보며 말했다.

정문호가 건넨 수표는 5천만 원이었다.

"그래, 몇 시간만 놀다 갈 거니까."

"알겠어요."

여자는 미소를 띠며 말했다.

정문호는 이곳의 VIP였다. 그가 한라그룹의 후계자라는 것도 잘 알고 있었다.

이 사설 도박장은 일반인이 출입할 수 없는 곳이었다.

일정한 신분과 위치가 확인된 자들만 이용할 수 있었다.

정문호가 이곳을 알게 된 것은 아이러니하게도 그의 매형인 이동만 한라시멘트 사장으로 인해서였다.

*      *      *

정부는 앞으로 은행 여신이 2천5백억 원 이상 되는 51개 대기업 그룹이 경영 위기를 맞을 경우 채권금융기관협의회를 구성하여 경영 정상화가 가능하다고 판단되면 자금을 공동 지원하기로 발표했다.

정부가 예상했던 것보다 시장 상황은 무척 심각했다.

다들 쉬쉬하지만, 자금난에 빠진 대기업이 한두 개가 아니었다.

주식시장에서는 다음 타깃이 진로그룹이라는 소문이 돌고 있었다.

한때 셀 수 없을 정도로 현금을 쌓아놓고 있다던 진로가 흔들리기 시작한 것은 사업 다각화를 추진하는 과정에서 24개로 늘어난 계열사들에게 출자금과 대여금 등으로 엄청난 자금을 지원한 결과 때문이었다.

한마디로 밑 빠진 독에 물 붓기였고 올 초부터 진로의 자금 사정은 급속도로 악화되기 시작했다.

4월 현재 진로그룹의 부채 총액은 은행권이 1조 2천억 원이었고, 종금사 등 제2금융권에 2조 5천억 원 등 총 3조 7천억 원에 달했다.

자기자본비율은 4.34%에 불과했다.

"금융권의 지원 없이는 진로그룹이 이번 달을 넘기기 힘들 것 같습니다. 진로는 현재 매일 5백억 원에 가까운 어음이 돌아오고 있다고 합니다."

미르재단에 깊숙이 관여하고 있는 기업인들이 한데 모였다.

"진로까지 넘어가면 시장이 버티질 못할 것입니다. 정부에서 특단의 조치가 취해져야 합니다."

대명그룹 운세용 회장의 말에 한라그룹의 정태술 회장이 목소리를 높여 말했다.

한라그룹도 자금난이 가중되고 있었다.

지금 시장 분위기는 위기라는 말이 흘러나오는 순간 기다렸다는 듯이 은행과 종금사들에 의해서 자금 회수가 이루어졌다.

"심각한 것은 진로만이 아닙니다. 대농그룹과 한신공영은 물론이고 기아자동차가 어렵다는 소리가 들려오고 있습니다."

대산그룹의 이대수 회장도 우려 섞인 말을 뱉었다.

자금난은 지금 자리에 모인 모든 기업들의 문제였다.

"기아자동차까지 넘어지면 다 끝났다고 봐야지요. 저희도 지금 돈이 돌질 않아서 큰일입니다. 이렇게 두세 달 지나면 우리 대용그룹도 문제가 심각해질 것 같습니다."

대용그룹의 한문종 회장 또한 어두운 표정으로 말했다.

"여러분의 어려움은 저도 깊이 공감하고 있습니다. 당 차원에서도 정부에 강력한 조처가 필요하다고 연일 이야기하고 있습니다."

자리에 함께한 한종태 정민당 대표가 말했다.

오늘 이 자리는 올해 있을 대선을 위해서 미르재단에 속한 주요 기업들이 자리를 함께한 것이다.

하지만 함께한 대산그룹, 대용그룹, 한라그룹, 보영그룹, 신호그룹, 대명그룹 등에겐 현재 자신들이 처해 있는 어려운 상황에 관해 이야기하는 자리처럼 보였다.

"정부 차원에서 지금 마련 중인 안을 대략 말씀드리면 51개의 대기업 중에서 하나가 위기에 빠지면 우선 1천억 원의 긴급운영자금이 지원되고 금융권에서의 자금 회수가 2~3개월간 유예될 것입니다. 아직 세부적인 상황들이 다 마련되지 않아 대략적인 것만 전달해 드리는 것입니다."

자리에 함께한 서창윤 청와대 정무수석의 말이었다.

그는 미르재단에 속한 인물로 흑천에서 키워져 청와대까지 입성한 인물이다.

지금까지는 그가 흑천에 속한 인물이라는 것을 미르재단의 황만수 이사장만이 알고 있었다.

"허허! 고작 1천억 원으로는 아무것도 할 수 없을 것입니다. 가장 문제는 종금사들의 자금 회수입니다. 만기 연장은 바라지도 않습니다. 종금사들끼리 어음을 수백억 원씩 교환해 돌려놓은 뒤에 일부라도 막으면 4~5일 연장해 주는 방법으로 대출 회수를 하고 있습니다. 이런 방식으로는 기업을 운영할 수 없습니다."

보영그룹의 김상춘 회장이 불만을 강하게 토로했다.

재계 32위에 올라서 있는 보영그룹도 올해 들어와 자금난이 심각해졌다.

"음, 여기 계신 분들의 어려움을 다시 한번 청와대에 건의하겠습니다. 서 수석께서도 대통령께 말씀을 잘 주십시오. 이 자리에 계신 분들의 도움 없이는 정권을 재창출할 수 없습니다."

"예, 저도 잘 알고 있습니다. 여러분들에게 도움이 되는 조처가 며칠 내로 곧 마련될 것입니다. 청와대로 돌아가면 대통령님과 경제수석께 오늘 나온 이야기를 잘 전달하겠습니다."

한종태의 말에 서창윤 정무수석은 충분히 이해한다는 듯이 고개를 끄떡이며 말했다.

대선은 곧 돈이었다.

지금까지 돈을 얼마나 많이 쓰느냐에 따라서 대통령 선거의 결과도 달라졌다.

"자, 이제 대선에 관해서 이야기를 나누어봅시다. 여기 계신 모두가 한배를 탄 사람들입니다. 대선에 승리해야 지금 당하고 있는 어려움을 모두 보상받을 수 있는 것입니다. 안 그렇습니까?"

황만수 이사장의 말에 회의에 참석한 사람들의 머리가

끄떡여졌다.

정민당의 한종태를 대통령으로 만들려는 계획은 오래전
부터 시작되었다.

대선에 승리한 국민 여론을 등에 업고 개헌을 통해서 미
국처럼 연임할 수 있도록 선거제도를 바꾼다는 것이다.

5년 단임제로 끝나는 단명 대통령으로는 충분한 이권과
권력을 가져올 수 없었다.

더구나 미국의 4년 중임제가 아닌 5년 중임제로 바꾸려
는 계획이었다.

10년간의 집권 기간 중 다시금 권력을 잡을 수 있는 장치
를 마련하여 20년, 30년까지도 한 정당이 계속 집권할 수
있게 말이다.

미르재단에 속한 여론과 기업, 그리고 정치권력이 하나
의 목표로 달려가면 충분히 해낼 수 있는 목표였다.


\*        \*        \*


진로의 거래 은행들이 구제금융 지원 문제를 검토하고
있는 가운데, 종금사를 비롯하여 파이낸스와 할부 금융사
등 신용대출을 주로 하는 제2금융권들은 진로가 발행한 어
음을 매일 수백억 원씩 교환에 회부하여 부채를 은행권으

로 떠넘기고 있었다.

이번 달 11일부터 395억 원을 시작으로 12일 350억 원, 14일 464억 원, 15일 670억 원 등 어음을 돌려 은행권에 결제를 요구한 것이다.

그러나 상업은행과 외환은행 등 주거래은행들은 제2금융권의 어음 결제 요구를 모두 거부했다.

결국 상업은행과 외환은행에서 내놓은 6백억 원의 추가 지원에도 불구하고 진로는 끝내 4월 21일 조흥은행 서초동 지점에 돌아온 어음 213억 원과 상업은행 서초동 지점에 지급 제시된 당좌수표 83억 원을 경제하지 못해 최종 부도 처리되고 말았다.

하지만 부도가 발생했음에도 불구하고 18일 정부가 주도하여 만든 금융기관 협약인 부도방지협약(부실징후기업정상화협약)에 따라 금융거래를 계속할 수 있도록 비상특혜조치가 취해졌다.

부도유예협약의 첫 혜택을 입게 된 진로그룹은 2개월 동안 채권상환 부담이 유예되어 회생의 기회를 얻게 되었지만, 그 기간 안에 부실을 정리하기에는 시간이 너무 짧았다.

문제는 금융기관의 채권회수에 있어 독자적인 판단을 못하고 제약을 받는 부도유예협약을 해외 금융기관들은 상식적으로 이해할 수 없다는 반응이었다.

이러한 결과는 부도 처리보다 오히려 한국에 대한 불안감을 증폭시켰고, 국제금융시장에서도 한국계 금융기관과 기업의 신용도에 심각한 타격을 주었다.

더구나 부도방지협약(부도유예협약)이 4월 21일 발효되면서 부실징후기업에 대한 여신을 조기에 회수하려는 현상이 더욱 확산되고 있었다.

하루 평균 40여 개의 기업에 부도가 발생하고 있었다.

Chapter 8

　룩오일 Inc는 앞으로 인도할 원유와 천연가스에 대한 3년
간의 장기 공급계약을 유럽의 십여 개 나라와 중국, 그리고
한국과 체결했다.

　안정적인 소비처를 마련하기 위한 전략이자 향후 러시아
에 닥칠 외환 위기를 대비하기 위한 계약이었다.

　아시아의 외환 위기가 본격적으로 시작되면서 에너지 소
비가 급속히 떨어져 러시아의 원유와 천연가스 수출도 줄
어들었다.

　룩오일 Inc는 선제 대응 차원에서 먼저 움직인 것이다.

이미 새롭게 폴란드에서 독일로 이어지는 동유럽 파이프라인과 동시베리아 파이프라인이 완성되어 가고 있었기 때문에 가격 경쟁력이 다른 곳보다 월등히 뛰어났다.

수백억 달러를 투자해서 이루어지고 있는 공사가 마무리되는 시점이 되면 룩오일 Inc의 매출과 이익은 지금보다 3배 이상으로 늘어날 것이다.

"공급계약 체결로 3년간은 판매에 문제가 없습니다. 또한 닉스정유가 올 10월에 본격적으로 가동되는 시점이라 판매는 더욱 늘어날 것입니다."

룩오일 Inc 니콜라이 대표의 보고였다.

내년에 닥칠 러시아의 위기에 승부를 걸어야 했기에 룩오일 Inc의 산하 기업들은 안정적인 상황에서 대비해야만 했다.

"앞으로 몇 년간 성장보다는 안정에 집중해야 할 거야. 올해 말부터 대규모 투자가 마무리되는 시점에 이르렀으니까 마지막까지 문제가 없도록 더욱 집중해야 해."

"예, 문제없이 마무리 짓겠습니다."

니콜라이는 자신감 넘치는 말로 답했다.

룩오일 Inc는 러시아 제일의 에너지 회사로서 세계 5위의 석유 회사로 올라섰다.

하지만 실질적인 매출과 이익을 정확히 발표하지 않고

있어서 룩오일 Inc의 순위는 무의미했다.

그러나 향후 2~3년 안에 세계를 주무르는 3대 석유 메이저 회사로 올라갈 것이 확실시되었다.

룩오일 Inc의 경쟁사들은 사우드 아람코와 1999년 11월에 엑슨과 모빌이 합병하여 탄생한 미국의 엑슨모빌, 영국의 BP, 네덜란드의 로열더치셸 등 세계적인 석유 회사들이었다.

"소빈페르콤이 벨로루시, 우크라이나, 폴란드, 루마니아에 안정적으로 자리를 잡았습니다."

소빈페르콤의 대표인 피에트르지크의 보고가 이어졌다.

피에트르지크는 폴란드인으로 모스크바 공대를 나와 핀란드의 노키아와 에릭슨에서 근무했다.

소빈페르콤은 인수한 부이므페프콤과 스비야진베스트 통신사를 합병해서 새롭게 탄생시킨 통신 회사다.

소빈페르콤은 러시아의 주요 도시마다 핸드폰과 삐삐 통신 서비스를 제공하고 있었다.

작년엔 에스토니아, 라트비아, 리투아니아에 진출했다.

소빈페르콤은 블루오션에서 무선호출기와 핸드폰을 공급받고 있었다.

"올해 말까지는 동유럽 모두를 커버할 수 있나?"

"슬로베니아와 크로아티아를 빼면 가능할 것입니다. 저

회와 합작하는 회사들의 시설투자가 늦어지고 있습니다."

소빈페르콤을 키우기 위해서 과감한 투자가 진행 중이었다.

13억 달러를 투자하여 동유럽 전역에 서비스할 수 있도록 현지 통신 회사를 합병하거나 합작하는 방법으로 중계기와 기지국을 건설 중이었다.

이미 7억 달러를 투자해 러시아 대도시마다 서비스망을 구축했다.

"최대한 내년 초까지는 모두 끝낼 수 있게 해. 내년에는 서유럽에도 진출해야 하니까."

"예, 문제없이 진행하겠습니다."

룩오일NY의 새로운 먹거리가 되어줄 소빈페르콤의 확장은 순조롭게 진행되고 있었다.

룩오일NY가 풍부한 현금을 가지고 있기에 가능한 일이기도 했다.

소빈페르콤의 확장과 성장은 곧 블루오션의 성장과도 맞물려 있었다.


룩오일NY의 사업 보고를 마치고는 박영철 차장을 만나기 위해 남산에 자리 잡은 닉스호텔로 향했다.

닉스호텔은 그랜드 하얏트 서울을 인수하여 5개월간 리

모델링을 거쳤다.

일본 하얏트 도쿄 인수 후 하얏트에서 새로운 인수 조건을 제시해 인수를 결정한 것이다.

닉스호텔은 태국의 푸켓과 인도네시아 발리에도 호텔을 짓고 있었다.

태국과 인도네시아는 외환시장에서의 도움을 바탕으로 닉스호텔에 대한 특혜를 주고 있었다.

소빈뱅크에서 닉스호텔의 지분을 일정 부분 가지고 있었기 때문이다.

"하하하! 오래간만입니다. 많이 바쁘시지요?"

의자에 앉아 있던 박영철 차장은 나를 보자마자 일어서며 말했다.

"하하하! 예, 조금 바쁘기는 합니다. 오래간만에 뵈니 얼굴이 많이 좋아지신 것 같습니다."

"하하! 그런가요? 강 회장님께서 물심양면으로 도와주셔서 그런 것 같습니다."

"앞으로도 계속 함께할 사람을 도와드려야지요. 자, 앉으시지요."

"예, 호텔 시설이 장난이 아닙니다."

"가족들과 언제든지 이용하십시오. 제가 말해놓겠습니다."

"하하! 정말 감사합니다. 마누라가 이런 호텔에서 잠을 자면 자다가도 벌떡 놀랄 것입니다. 호텔을 이용한 것은 제주도 신혼여행 때뿐이니까요."

"그럼, 이참에 점수 좀 따십시오."

"그럴까요?"

"예, 한동안 바가지 없이 편안하게 지내실 것입니다."

"하하하! 그럼 당장 와야겠습니다."

박영철 차장은 내 말에 크게 웃으면서 말했다.

"예, 아주 좋아하실 것입니다."

서로 간의 안부를 물은 후 박영철 차장은 본격적인 이야기를 꺼내놓았다.

"미르재단이 활발히 움직이기 시작했습니다. 재단에 속한 기업인들과 언론사 관계자들을 모아놓고 본격적인 대선을 준비하는 것 같습니다."

"이번에는 한종태 정민당 대표를 대통령으로 만들기 위해 온갖 수단을 다 동원하겠지요."

"예, 한 번 자리를 양보했으니까, 이번에는 모든 수단을 동원할 것입니다. 한종태를 지원하는 대기업들도 어려운 와중에 대선자금을 100억 원 이상씩 내어놓기로 한 것 같습니다."

"음! 자신들의 기업이 무너져 내리고 있는 상황인데도 정신을 차리지 못하고 있으니… 한종태가 정권을 잡으면 이 나라는 지금보다 더 어려운 상황으로 흘러갈 것입니다."

"예, 한종태와 미르재단은 장기 집권을 목표로 하는 것이 분명합니다. 이걸 한번 들어보십시오."

박영철 차장은 호주머니에서 녹음기를 꺼내놓았다.

그리고 플레이 스위치를 누르자 한종태와 미르재단를 이 끄는 황만수의 목소리가 흘러나왔다.

—집권 후 2년 내에는 개헌을 통해서 중임제를 어떻게든 성공시켜야 합니다. 2년이 지나면 개헌의 가능성이 현저하 게 떨어져…….

두 사람의 목소리를 어떻게 녹음했는지는 모르지만, 녹음 기에 흘러나오는 소리에는 한종태를 연임시키고 그의 후계 자를 흑천에서 키운 인물로 대체한다는 이야기가 나왔다.

"우리가 생각했던 것보다 더욱 심각하네요."

"예, 저도 이 이야기를 듣고는 한동안 멍했습니다. 이야 기 속에는 정확한 이름이 나오지 않지만, 현 집권 세력 중 에도 상당수의 인물이 흑천과 연관된 것 같습니다."

"이러한 사실을 제대로 알고 있는 사람들이 없다는 것이 문제입니다. 알고 있는 자들은 권력과 이권을 위해 흑천에 게 협조하는 인물들이겠죠."

"예, 조심스러울 수밖에 없습니다. 현 정권은 미르재단과 흑천을 제거할 힘이 없습니다. 이미 권력의 누수가 눈에 보이니까요."

황태자로 불리며 권력 선상에 있던 대통령의 아들이 한 보그룹의 불법대출과 연관되어 수사가 진행되고 있었다.

한때 절대적인 지지를 보냈던 국민들도 이러한 모습에 등을 돌리고 있었다.

"이번 경제 위기를 기회로 삼아 먼저 한종태에게 공급하려는 대선 자금을 철저히 막아야 합니다."

"어떻게 말씀입니까?"

"미르재단에 속해 있는 기업들의 재무 상태는 건전한 편이 아닙니다. 아니, 아주 형편없는 수준이라고 봐야겠지요. 시간이 지날수록 회사에 필요한 자금을 구하기 힘들 것입니다. 앞으로 한두 달 후면 100억을 내어놓겠다고 했던 기업 중 몇몇은 좋지 않은 모습으로 신문에 등장할 것입니다."

소빈뱅크는 미르재단에 속한 재벌들의 대출을 작년부터 지켜보고 있었고 대출을 해주기도 했다.

그리고 소빈금융센터에서 그들의 계열사 주식들을 거래하며 주가를 조정하고 있었다.

*　　　*　　　*

진로가 흔들리고 연이어 한신공영이 부도가 났다.

그리고 일주일 뒤 대용그룹이 자금난을 겪고 있다는 이야기가 주식시장에 흘러나왔다.

"소빈뱅크에서 연장을 거부했습니다."

심각한 표정으로 한문종 회장에게 보고하는 그룹 재무이사의 이마에는 땀이 흘러내렸다.

"원하는 대로 다 해준다고 했어?"

"예, 소빈뱅크에서 제시하는 이자율을 다 받아들이겠다고 했는데도……."

"아니, 지금 와서 연장을 해주지 않으면 어떻게 하란 소리냐?"

한문종 회장의 얼굴은 붉게 달아올랐다.

5백억 원의 어음 연장을 소빈뱅크에서 거부했다. 4월만 해도 연장에는 문제없다는 말이 나왔었다.

한일은행에 돌아온 97억 원의 회사채도 문제지만 5백억 원의 어음이 문제였다.

"더구나 외국 은행이라 부도방지협약에도 적용되지 않는 것이 문제입니다. 모레까지 입금하지 않으면 어음을 돌리겠다고 전해왔습니다."

"아! 정말이지 일을 이렇게밖에 못해? 지금 5백억 원이

비어버리면 회사가 어떻게 될 것 같아!"

혈압이 오르는지 한문종 회장은 뒷목을 잡으며 소리쳤다.

현금이 바닥을 드러내고 있는 지금, 회사가 가지고 있는 금액은 3백억 원 정도였다.

그리고 한문종 회장이 대선을 위해 마련해 놓은 비자금 150억 원이 전부였다.

이 돈을 모두 소빈뱅크에 넣지 않으면 대용그룹이 부도가 날 수 있었다.

"소빈뱅크에서 연장에 문제가 없다는 이야기를 계속 해왔기 때문에……."

"그럼 연장을 받아와!"

한문종 회장은 자기 책상에 있는 휴지를 바닥에 집어 던지며 소리쳤다.

지금까지 문제없이 자금 운용을 철저히 챙겨오고 있었다.

그룹 차원의 구조조정도 나름대로 성공적으로 이루어지고 있어서 계획대로 진행되면 문제없이 올해를 넘길 수 있다고 여겼다.

하지만 지금 전혀 예상치 못한 소빈뱅크에서 일이 터졌다.

*　　*　　*

대산그룹의 이중호와 대용그룹 한종우, 그리고 한라그룹의 후계자인 정문호가 오랜만에 한자리에 모였다.

이중호는 이대수 회장의 호출을 받고 급하게 한국에 돌아와 그룹 내 새롭게 신설된 구조조정본부에 출근했다.

"아! 시발, 탄탄하던 회사가 어떻게 여기까지 왔는지 모르겠어."

독한 양주를 단숨에 털어 넣은 한종우의 입에서 욕설이 튀어나왔다.

대용그룹은 비상이 걸렸다.

잘못하면 이번 달을 넘기지 못한다는 소리가 흘러나오고 있었다.

"너희 쪽도 그렇지만 우리도 장난이 아니야. 우리 꼰대도 끊었던 담배를 입에 물고는 줄담배를 연신 피우고 있어."

정문호의 말처럼 한라그룹도 자금 사정이 급속히 악화되고 있었다.

"나도 이렇게까지 심각할 줄 몰랐다. 우리 쪽도 버릴 곳은 과감하게 자르고 있는데 쉽지가 않아. 자금을 구하기가 너무 힘들어."

"일본 쪽 자금이 빠져나가고 있어. 주식시장에서도 외국계 자금이 빠지는 중이고."

이중호의 말에 한종우가 피곤한 목소리로 답했다.

대용그룹은 저금리로 들어온 엔화 자금을 많이 이용했었다.

하지만 정부의 부도방지협약 이후 종금사에 자금줄이 되었던 외화 자금이 빠져나가고 있었다.

"대산은 현금이 많잖아?"

"옛날 말이야. 대산에너지로 인해서 손해 본 게 한두 푼이 아니야. 중국 쪽 투자도 생각만큼 이익이 나오지 않고 있어."

황금 알을 낳는 거위처럼 12억의 인구를 가진 중국에 진출만 하면 돈을 벌 수 있을 것이라 언론은 떠들었고 기업들도 앞다투어 진출했다.

하지만 중국에 진출해 성공한 기업은 생각만큼 많지 않았다.

"대산도 앓는 소리를 하는데 다른 곳은 어떻겠어. 다들 죽겠다고 하는데 말이야."

"유일하게 닉스홀딩스는 잘나가고 있잖아."

정문호의 말에 이중호가 쓴웃음을 지으며 말했다.

인정하고 싶지는 않지만 닉스홀딩스의 계열사들은 올해

들어서도 놀라운 성장세를 구가하고 있었다.

"정말 그놈은 경영의 신이 분명해. 이런 상황에서 자금 문제 없이 흑자를 내고 있으니 말이야."

"흑자도 보통 흑자가 아니잖아. 며칠 전에 닉스제약에서 발표한 슈퍼비아가 난리가 났잖아. 발기부전치료제까지 만들어내다니."

한종우의 말처럼 닉스제약은 발기부전치료제인 슈퍼비아를 공식적으로 발표하고 판매에 들어갔다.

전 세계 20개 국가에 특허와 판매 허가에 따른 안전성 테스트를 모두 끝마쳤다.

미국의 제약 회사인 파이저가 개발한 비아그라보다 1년 먼저 제품을 내어놓은 것이다.

"슈퍼비아가 닉스제약에서 만든 거야?"

정문호는 정태술이 슈퍼비아를 잔뜩 구매한 것을 알고 있었다.

"모르고 있었어? 국내는 물론이고 해외에서 주문이 폭주하고 있다잖아. 정말 이러한 상황에서 슈퍼비아 같은 물건이 우리 회사에 있었다면 이런 어려움은 문제가 아니었을 텐데."

정문호의 말에 한종우가 복잡 미묘한 심정으로 답했다.

"닉스와 블루오션, 그리고 이제는 닉스제약까지 날개를

달고 날아가고 있구나."

술잔을 입으로 가져가는 이중호는 닉스홀딩스가 가지고 있는 무기가 얼마나 많은지를 알지 못했다.

＊　　　＊　　　＊

닉스제약이 발표한 세계 최초 발기부전치료제 슈퍼비아는 연일 언론의 조명을 받고 있었다.

세계 최초라는 것도 중요했지만, 슈퍼비아는 그동안 고개 숙인 남성들에게 새 희망을 선사하는 획기적인 선물이자 기다리던 치료제였다.

30대 중반부터 60대의 남성들이 의사의 처방을 받기 위해 너도나도 비뇨기과를 찾자 병원은 때아닌 호황을 누리고 있었다.

"하하하! 공장을 풀로 돌리고 있어도 주문을 당해내지 못하고 있습니다."

닉스제약을 이끄는 박명준 대표가 호쾌한 웃음을 토해냈다.

"시장의 반응이 생각보다 폭발적이네요."

"예, 출시한 지 일주일째인데 매출이 벌써 30억을 넘어섰습니다. 수출 물량까지 합하면 이번 달만 2백억 원은 거뜬히 돌파할 것 같습니다."

단일 약품으로 한 달에 2백억 원의 매출이 일어난다는 것은 놀라운 것이다.

더구나 슈퍼비아는 이제부터 시작이었다.

복용해 본 사람들이 다시금 슈퍼비아를 찾게 될 것이고 약효를 반신반의하던 사람들도 복용자들의 말로 인해 확신을 갖게 되기 때문이다.

"그동안의 고생을 모두 잊게 해주는 말이네요. 개발진과 관련자들에게 충분한 보너스를 지급해 주십시오."

"예, 그렇지 않아도 특별 보너스를 준비 중입니다."

박명준은 내 말에 기분 좋은 음성으로 대답했다.

닉스제약은 박명준이 맡고 나서 매출과 이익이 2배로 늘어났다.

"그리고 이건 제가 박 대표님에게 드리는 보너스입니다."

나는 가방에서 봉투 하나를 꺼내 그의 앞에 내밀었다.

"이게 무엇입니까?"

"닉스제약의 지분 2%입니다."

나의 말에 박명준의 눈이 커졌다.

닉스제약은 상장을 준비하고 있었다.

국내 증시가 어려운 시점이었지만 닉스제약은 독보적인

존재로 주목받을 것이 분명했다.

더구나 닉스제약은 한국 최초로 미국과 한국 동시에 상장을 준비 중이었다.

"이걸 왜 제게?"

2%의 지분이었지만 주식을 상장하면 그 금액이 수백억에서 수천억 원이 될 수도 있었다.

"앞으로도 책임감 있게 운영하시라는 뜻입니다."

"하하! 그래도 이건 너무 뜻밖이라서 어떻게 받아들여야 할지 모르겠습니다."

"직원들만 보너스를 받으면 서운하니까요. 이 지분을 박 대표님께서 더욱 값어치 있게 올려놓으셔야 하는 책임도 있습니다."

"예, 무슨 말씀인지 알겠습니다. 이런 과분한 선물을 주셨는데 더욱 열심히 해야겠지요."

박명준은 닉스제약이 진행하고 있는 신약 개발들로 인해서 지금보다 회사의 값어치가 크게 상승하리라는 것을 잘 알고 있었다.

"너무 무리는 하지 마십시오. 딱 제가 하는 만큼만 하십시오."

"하하하! 절 과로사로 보내려고 그러십니까. 회장님처럼 일하다가는 다들 제명을 다 살지도 못할 것입니다."

"하하하! 그런가요."

나와 박명준은 기분 좋은 웃음을 나누었다.

닉스제약은 슈퍼비아의 출시에 만족하지 않고 스마트필름 제조 기술을 활용하여 정제형 슈퍼비아를 입에서 녹여 먹는 형태의 신약을 개발하고 있었다.

구강붕해필름(ODF)이라고 하는 필름 형태의 슈퍼비아는 복용 편리성과 함량의 정확성, 그리고 휴대 편의성을 개선해 물 없이도 어디서든 복용 가능한 장점이 있었다.

내년에 나올 예정인 파이저의 비아그라에 대비한 비밀 무기이자 닉스제약의 매출을 더욱 올려줄 제품이었다.

\* \* \*

닉스와 블루오션, 블루오션반도체에 이어서 닉스제약이 본격적인 시장 공세에 나서자 지주회사인 닉스홀딩스에 대한 언론과 사람들의 관심이 급증했다.

재벌에 연이은 부도와 경제 상황이 악화일로에 있는 한국경제에 닉스홀딩스는 새바람을 일으키고 있는 그룹이었다.

"세계적인 신약 개발 업체로 주목을 받고 있는 닉스제약은 연구소에 속한 박사급 개발 인원만……."

일주일에 2~3팀의 국내외 취재 기자들이 닉스제약을 방문해 열띤 취재를 하고 있었다.

TV 방송은 물론 신문사와 잡지사들도 닉스제약이 발표한 슈퍼비아에 대한 관심을 계속해서 드러냈다.

언론들은 저마다 슈퍼비아를 통해서 닉스제약이 벌어들일 돈을 계산하기 바빴다.

닉스제약은 발기부전치료제에 대한 광범위한 특허를 소유하게 되어 슈퍼비아와 유사한 발기부전치료제가 나올 수 없도록 조처를 해놓았다.

"닉스제약은 발기부전치료제뿐만 아니라 당뇨 치료에 획기적인 전환을 가져올 치료제를 내년에 발표할 예정입니다. 그뿐만 아니라 비만과 탈모 치료와 연관된 신약들도 하나둘 완성 단계에 와 있습니다."

MBC의 특집 방송을 위해 인터뷰 중인 닉스제약의 대표 박명준은 하루에도 서너 건의 인터뷰 요청을 받고 있었다.

*　　　*　　　*

"음, 박명준이 승승장구하고 있구나."

리모컨을 들어 TV를 끄며 말하는 이대수 회장의 표정에는 아쉬움이 묻어나왔다.

"능력이 있는 친구라 무엇을 하든 제 몫을 할 인물입니다."

이대수의 말에 정용수 비서실장이 대답했다.

"그렇지. 욕심도 있고 일에 대한 흐름을 아는 친구니까. 하여간 닉스제약이 제대로 한 방 터뜨렸어."

"예, 들리는 이야기로는 미국과 한국에 주식 상장을 동시에 추진한다고 합니다."

"지금의 추세라면 가능한 이야기겠지. 정말이지 발기부전치료제를 만들어낼 줄은 몰랐어. 이게 박명준의 머리에서 나온 것 같나?"

"박명준이 뛰어난 인물이기는 하지만 제약 쪽은 경험이 없어서 신약 개발을 주도했다고는 보기 어려울 것 같습니다."

"그래, 나도 같은 생각이야. 이미 개발을 진행하고 있었거나 아니면 강태수의 머리에서 나온 것일 수도 있지. 아니, 확실히 강 회장이 주도한 일이야."

"강 회장이 신약 개발까지 관여했다는 말씀이십니까?"

"지금까지 보여준 일들을 보면 못할 것도 없지. 사업을 시작한 지 6년 만에 닉스홀딩스를 재계 10위권으로 올려놓았어. 더구나 계열사들 모두가 부채비율이 10%도 되지 않는 회사들을 거느린 채로 말이야."

"놀라운 일이기는 합니다. 회사별 매출이나 이익률이 국내에 있는 어떤 회사들도 넘볼 수 없는 수준으로 올라섰습니다. 한마디로 강 회장이 손대는 것마다 황금 알을 낳는 거위로 탈바꿈하고 있습니다."

대산그룹 비서실에서 조사한 닉스홀딩스 산하 계열사들의 성장세와 매출은 독보적이었다.

특히나 블루오션반도체는 삼성전자, LG반도체, 현대전자산업(SK 하이닉스)에 이어 새로운 반도체 업체로 등장했다.

국내 3대 반도체 회사들은 메모리반도체가 핵심이었지만 블루오션은 퀄컴의 기술을 이전받아 통신용 반도체와 복합형 반도체, 멀티미디어 반도체, 전력형 반도체 등 비메모리 반도체에 집중했다.

"사업적인 감각은 물론이고 미래를 내다보는 눈이 남달라. 반도체 사업에서도 아남산업과는 전혀 다른 방식과 방향으로 진행했잖아."

"예, 이제야 삼성전자와 현대전자산업, 그리고 LG반도체가 진행하려고 하는 것들을 블루오션반도체는 3~4년 전부터 완벽하게 준비해 왔다는 것이 놀라울 뿐입니다."

국내 반도체 회사들은 뒤늦게 비메모리 분야에 투자를 진행하고 있었다.

올해도 국내 반도체 산업의 증설 경쟁이 치열했다.

문제는 한국이 일본을 제치고 반도체 분야에서 세계 선두에 서자 태국과 싱가포르가 실리콘 웨이퍼 공장을 증설했고, 말레이시아도 반도체 공장을 지어댔다.

96년에 D—RAM 반도체 가격이 95년보다 82%나 폭락했음에도 불구하고 대만은 10억 달러 규모의 실리콘 웨이퍼 공장 건설 계획을 밀어붙였고, 말레이시아도 정글을 불도저로 밀어 반도체 단지를 조성했다.

그러나 세계 산업의 수요가 아시아의 반도체 설비 경쟁을 소화해 내지 못했다.

반도체는 세계적인 공급과잉에 따른 출혈 수출이 이루어지기 시작했고 갈수록 부실이 심화되고 있었다.

올해 전 세계 D—RAM 수요는 36억 8천만 개인 반면 공급물량은 42억 7천만 개로 공급과잉 상태다.

이러한 상황이 되자 타이완과 싱가포르 반도체 회사, 그리고 한국에서는 아남산업 등의 약한 고리에서 서서히 금이 가기 시작했다.

"우리가 배워야 할 것이 많아. 신의주에 대한 투자만 놓고 보아도 우리가 선택한 결과와 확연한 차이가 생겼어."

신의주 특별행정구에 진출한 닉스, 블루오션반도체, 도시락, 닉스호텔 등이 상당한 수익을 내고 있었다.

"중국과 신의주에 동시에 투자하기에는 힘든 부분이 있었습니다. 저희도 내년이 되면 닉스홀딩스처럼 큰 수익을 얻을 수 있을 것입니다."

"집중을 위해서 중국을 선택했지만 아쉬움이 커. 한데 문제는 우리가 이러한 상황에서 내년까지 견딜 수 있느냐야."

어두운 표정의 이대수 회장은 의자에서 일어나 창가로 걸어가며 말했다.

대산그룹의 자금 사정도 녹록지가 않았다.

"대산식품과 대산에너지를 넘기는 협상이 잘 진행되면 문제는 없을 것입니다."

"너도나도 팔려고 내어놓은 매물들이 한둘이 아니야. 문제는 사려고 하는 기업과 주체가 한정되어 있다는 거야. 대산증권과 대산정련도 시장에 내놔."

대산증권과 대산정련은 꾸준하게 이익을 내온 대산그룹의 알짜배기 기업들이었다.

"예, 두 회사를 내어놓기에는 너무 아까운 면이 있습니다."

"알아. 하지만 이대로 가다가는 자칫 몸통이 죽어. 기아까지 쓰러지는 상황에 놓이면 대산증권이나 대산정련도 아무 소용이 없어. 지금 기아만이 문제가 아니야. 대농, 대용, 쌍방울, 뉴코아, 대명, 한라까지 위험한 상황이잖아."

이미 4개 그룹이 쓰러졌고, 누가 먼저라 할 것 없이 30대 그룹 중 20개 그룹이 크게 흔들리고 있었다.

나머지 10개 그룹도 몇몇을 빼고 어려움에 부닥친 것은 매한가지였다.

"알겠습니다. 말씀대로 바로 진행하겠습니다."

정용수 비서실장은 비상조치로 만든 구조조정본부의 본부장을 겸하고 있었다.

"닉스홀딩스와 우선 접촉해 봐. 지금 회사를 살 만한 그룹은 그곳뿐이니까."

"예."

정용수 비서실장은 고개를 숙인 후에 회장실을 나갔다.

"후! 짙은 안개가 가로막은 것처럼 앞이 보이질 않아. 어떻게 강태수는 이 모든 걸 알고 있는 것처럼 행동할 수 있는 건지……."

이대수 회장은 깊은 한숨을 내쉬며 말했다.

지금껏 자신이 경험하지 못한 일들이 펼쳐지고 있었다. 대산그룹과 어깨를 나란히 하던 그룹들이 맥없이 무너져 내리는 것은 공포였다.

그 공포가 도미노처럼 재계를 삼켜가고 있었다.

\*        \*        \*

"대산그룹에서 대산증권과 대산정련의 인수 의사를 타진해 왔습니다."

김동진 비서실장의 보고였다.

"대산증권과 대산정련은 대산 쪽에서도 아끼는 회사가 아닙니까?"

"예, 매년 꾸준히 흑자가 발생하는 회사들입니다. 특히나 대산정련은 종합비철금속제련회사 중에서 선두에 있는 회사입니다. 대산증권도 업계 2위에 있는 회사로……."

대산그룹은 내어놓은 두 기업은 욕심을 낼 만한 알짜배기였다.

"음, 대산그룹의 현재 재정 상태는 어떻습니까?"

"저희가 생각했던 것보다 자금 사정이 악화된 것 같습니다. 기존에 매물로 내어놓았던 대산식품과 대산에너지의 처리가 늦어진 것이 영향을 준 것 같습니다. 10월까지는 자체적으로 버틸 수 있겠지만, 그 이후부터는 다른 그룹처럼 흔들릴 수 있습니다."

"다른 그룹과 달리 이대수 회장은 그나마 발 빠르게 움직이는 것 같습니다."

"예, 다른 그룹들이 내어놓은 기업 물건하고는 확연히 다릅니다. 위기가 닥쳐서야 부랴부랴 자신들의 핵심 기업을 내어놓다가 결국 부도를 당한 거와는 다른 모습입니다."

대다수 그룹이 비핵심 기업들을 시장에 매물로 내어놓았지만 얼어붙은 인수·합병시장에서 값어치가 떨어진 회사를 사들일 기업은 없었다.

이대수 회장은 과감하게 돈이 되는 핵심 기업을 내어놓는 승부수를 던진 것이다.

**Chapter 9**

　대산그룹의 구조조정본부는 바쁘게 돌아갔다.

　그룹 내 부동산은 물론이고 핵심 기업들을 매각하는 초강수를 쓰면서 자금 확보에 열을 올렸다.

　"대산증권과 대산정련을 내어놓을 정도로 회사가 어려운 것입니까?"

　"자금을 확보할 방법이 막히고 있어. 회사채나 어음 발생 모두 주거래은행인 상업은행에서 대농그룹과 기아차동차로 인해 난색을 표하고 있고."

　이중호의 물음에 정용수 본부장이 답했다.

대농그룹의 부도와 함께 재계 8위인 기아자동차마저 흔들리자 은행들마저 몸을 사리고 있었다.

"후! 대산에너지가 제대로 굴러갔다면 자금 문제는 발생하지 않았을 건데……."

이중호는 고티광구에서 발견된 유전이 자꾸만 아른거렸다.

룩오일 Inc에 헐값에 넘긴 고티광구의 유전만 손에 넣었다면 대산그룹은 위기라는 단어가 어울릴 수 없었다.

"아쉬움은 알겠지만 지나간 일은 잊어. 지금 당장은 대산정련과 대산증권을 제값 받고 넘기는 일에 집중해야 해."

"예, 그래야겠지요. 한데 하필 닉스홀딩스에 두 회사를 넘겨야 합니까?"

"현금을 풍부하게 가진 그룹은 현재 닉스홀딩스뿐이야. 삼성은 자동차에 발목이 잡혔고, 현대도 건설과 전자 쪽에서 삐긋거리고 있어. 대우와 LG는 말할 것도 없고."

재계 순위 1, 2, 3위를 다투는 재벌들 모두가 고전하고 있었다.

올해 초 재벌들은 한계 사업을 정리하고 구조조정에 힘을 쏟겠다고 발표했다.

경쟁력 없는 계열사를 정리하고 중소기업에 비핵심사업을 이관하겠다고는 했지만 공허한 말뿐일 뿐 이루어진 것은 거의 없었다.

부도가 발생한 재벌들이 일찌감치 부실기업과 한계 사업을 정리했다면 지금 닥친 위기를 넘어갈 수 있었을 것이다.

"사줄 만한 곳이 닉스홀딩스라는 말씀이군요."

"그래, 현금을 바로 쏴줄 수 있는 곳이지. 위기가 곧 기회랬잖아. 이번 기회를 바탕으로 다시금 재정비하면 돼. 회장님도 그걸 원하시고 있으니까."

정용수 본부장은 이중호의 어깨를 두드린 후에 회의실에서 나갔다.

"강태수, 넌 정말 괴물이 되었구나."

이제는 닉스홀딩스를 이끄는 강태수가 두렵기까지 했다.

대산그룹의 핵심 계열사가 닉스홀딩스에 넘어갈 것이라고는 꿈에도 생각해 본 적이 없었기 때문이다.


＊　　　＊　　　＊


금융 위기는 금융시스템이 낙후되고 나쁜 나라에서 발생한다.

공공자금과 개인 자금의 경계가 모호한 나라에서는 언제나 금융 위기가 일어날 수 있었다.

아시아에선 장관의 사촌과 대통령의 아들이 은행을 설립

했다.

국내외 자금을 일으켜 기업을 세웠고, 너무 많은 사람이 책임도 없이 특혜를 받아 게임을 벌였다.

이런 방식으로 나간 대출이 부동산으로 흘러들어 갔고, 경기 과열을 일으켰다.

여기에 경솔한 외국인 투자자들이 거품을 부풀려 놓았다.

외국인 투자자들은 아시아 국가들이 번영하고 있다는 사실 하나를 믿고 무조건 돈을 빌려줬다.

이런 무책임한 대출이 부동산과 주식시장의 과열을 불러일으켰다.

1996년 아시아 국가 중 선진국 뱅커와 기업들에 의해 중국에 520억 달러가 투자되었고, 인도네시아는 178억 달러, 말레이시아는 160억 달러, 태국은 133억 달러가 투자되었다.

이처럼 많은 돈을 빌려준 것은 아시아 국가에서 높은 금리를 제공하고, 연간 10%에 가까운 성장세를 구가했기 때문이다.

또한 일본 중앙은행의 초단기금리가 0.5%로 1%에도 미치지 못했고, 유럽의 대표적인 독일의 기준 금리가 4%에 불과했다.

1996년 말 일본은 1,186억 달러를, 독일은 417억 달러, 프랑스는 400억 달러, 미국은 342억 달러, 영국은 264억 달러를 아시아 지역에 대출해 주었다.

태국의 환율 전쟁은 2라운드에 접어들었다.

세금 도피처인 바하마와 케이만군도의 예치된 자금이 움직이기 시작했다.

이들 지역에 예치된 달러는 미국이나 유럽 국가의 돈이 아닌 초국적 자본이다.

이곳에는 퀀텀펀드와 타이거펀드의 자금도 예치되어 있었다.

케이만군도에 적립된 예치금은 4,620억 달러에 달하고 바하마에는 2,140억 달러가 각각 예치되어 있었다.

전통적으로 예금자 비밀을 보장해 주고 있는 스위스에 4,060억 달러가 쌓여 있는 것에 비하면 카리브해에는 엄청난 유동성 자금이 모여 있는 것이다.

케이만군도는 쿠바 남쪽 해상에 있는 인구 3만 5,000명의 조그마한 섬이다.

"국무부 채권을 통해서 4백억 달러를 마련했습니다."

조지 소로스가 바하마 해변에 자리 잡은 고급 저택에서 한 사내에게 보고하고 있었다.

금발의 푸른 눈이 매혹적인 사내는 소로스보다 한참 어려 보였다.

그는 이스트제국을 이끄는 데이비드 로스차일드 II세였다.

"그럼, 1천억 달러가 되겠군."

"예, 1천억 달러를 바탕으로 태국의 바트화와 말레이시아의 링깃화를 공격할 것입니다."

"태국의 외화 보유액은 얼마나 되지?"

"현재 294억 달러 정도입니다."

태국은 바트화 단기 금리를 상승시켜 바트화에 투자된 달러가 빠져나가지 않기 위해 발버둥 치고 있었다.

"음, 충분하겠군. 공격 시간은?"

"내일 싱가포르 역외 금융시장부터입니다. 공격은 도쿄와 홍콩의 외환시장으로 이어질 것입니다."

"러시아의 소빈뱅크는?"

소빈뱅크의 개입으로 인해서 1차 바트화 공격이 실패로 돌아갔었다.

"이번에는 쉽지 않을 것입니다. 타이거펀드와 뉴욕 금융가에서 관리하는 국부펀드에서 3백억 달러를 동원할 것입니다. 소빈뱅크가 동원할 자금은 기껏해야 100억 달러 이내일 것입니다."

"좋아. 이번에는 확실하게 먹잇감의 숨통을 끊어놔. 독일의 자금을 회수할 테니까."

독일의 은행들이 태국에 빌려준 자금은 78억 달러였다.

여기에 45억 달러가 로스차일드 가문에 속한 은행이 빌려준 단기자금이었다.

"예, 태국이 무너지면 나머지 국가들도 손을 들 수밖에 없을 것입니다."

자신감 넘치는 소로스의 대답이 이어졌다.


싱가포르의 역외 금융시장이 개장되자마자 바트화의 가격이 출렁대기 시작했다.

1달러당 24바트에 환율을 고정하기 위해 태국의 중앙은행은 할 수 있는 모든 노력을 쏟아부었다.

"24.58!"

다시금 타일랜드 은행의 딜링룸은 전쟁터로 돌변했다.

"24.77!"

"10억 달러를 매입해!"

고함이 여기저기 터져 나왔다.

바트화는 타일랜드 은행의 노력에도 불구하고 불이 붙은 것처럼 계속 상승 곡선을 그렸다.

"25.10!"

도쿄와 홍콩의 외환거래소에서도 바트화의 거래가 급격히 늘어났다.

바트화를 투매하듯이 온 사방에서 내던지고 있었다.

그 금액이 순식간에 70억 달러로 늘어났다.


＊　　　＊　　　＊


"바트화가 공격받고 있습니다."

소빈뱅크 서울 지점장인 그레고리의 보고였다.

"예상한 대로이군."

"예, 싱가포르와 도쿄, 그리고 홍콩의 외환시장에서 바트화의 매도가 이어지고 있습니다. 현재 26바트까지 근접했습니다."

"우리가 참여할 상황은 아니야. 태국에는 안 된 일이지만 싸움은 이제부터이니까. 다른 쪽은 어떻지?"

"말레이시아의 링깃화와 싱가포르의 달러화도 오후가 되자 공격을 받고 있습니다."

2차 공격은 태국뿐만이 아니었다.

1차 환율 전쟁 때 태국 중앙은행에 도움을 주었던 말레이시아와 싱가포르도 헤지펀드에 의해서 공격 대상이 된 것이다.

이러한 상황이 되자 말레이시아와 싱가포르는 자국 화폐를 방어하기 위해 태국을 도와줄 수 없었다.

홍콩 또한 섣불리 나설 수 없는 상황이었다.

"철저하게 계산된 공격이야."

"예, 이번 공격으로 지난번 손해를 만회하려는 계획인 것 같습니다. 선물 쪽도 움직임이 빠르게 진행되고 있습니다."

"우린 저들을 이용해 필요한 자금을 늘리면 돼. 태국은 결국 며칠 내로 항복 문서에 사인할 거야. 그에 맞춰서 움직이라고."

"예, 저희는 바트화의 하락에 숏 포지션을 취했습니다."

소빈뱅크 금융센터는 이전처럼 현물거래에 뛰어들지 않고 외환선물거래에 집중했다.

외환시장에서 선물거래가 급격히 늘어나고 있었다.

\*　　\*　　\*

1997년 7월 1일 자정이 되자 홍콩 밤하늘은 불야성을 이루었다.

대영제국 왕관의 보석이라고 불리던 홍콩의 주권이 중국으로 넘어가는 것을 경축하는 축포가 밤하늘을 밝히는 가운데 장쩌민(강택민) 중국 국가주석은 전 세계에 대하여 서구 제국주의의 종식을 선언했다.

그리고 다음 날인 7월 2일, 태국 중앙은행인 타일랜드 은행은 마침내 월가 헤지펀드의 공격에 무릎을 꿇었다.

그동안 달러에 고정했던 환율제도를 포기한다고 발표한 것이다.

1달러당 24바트에 환율을 묶어두려고 발버둥 치며 외환 보유고를 풀었지만, 혼자 힘으로는 작정하고 달려든 환투기 세력을 당해낼 힘이 없었다.

고정환율제의 해제는 변동환율제를 도입하는 것으로, 중앙은행이 달러를 풀어 시장에 개입하지 않겠다는 뜻이다.

다시 말해 환율 상승으로 바트화가 폭락한다는 의미였다.

불과 며칠 전까지만 해도 태국의 차왈릿 총리는 TV 연설을 통해 바트화를 절하하면 태국은 가난해진다며 결단코 환율을 방어하겠다고 선언했었다.

썰물처럼 빠져나가는 국제 자본에 대항해 국민과 국내 기업, 은행을 보호하겠다는 결연한 의지였다.

그러나 독일계 은행을 선두로 한 은행들이 태국에 빌려준 단기자금 만기를 연장해 주지 않고 돌려달라 독촉해 댔고, 보유 외환은 헤지펀드의 공격에 바닥을 드러냈다.

태국 중앙은행의 보유 외환은 6월까지 324억 달러나 됐으나, 바트화 방어를 위해서 250억 달러나 소비하고 말았다.

더는 헤지펀드에 대항할 자금이 없었다.

"변동환율제로 바꾸자마자 바트화가 하루 만에 29.55로 상승했습니다."

달러당 24.70바트에서 29.55바트로 무려 19.6%나 폭락했다.

게다가 타일랜드 은행은 외국 자본이 태국 국경을 빠져나가지 못하도록 금리를 대폭 인상했다.

중앙은행이 시중은행에 빌려주는 단기자금의 금리인 재할인율이 하루 만에 2%나 올라 12.5%로 치솟았다.

이러한 조치로 태국 은행과 기업이 지고 있는 부채가 700억 달러에서 200억 달러나 더 늘어난 900억 달러로 치솟았다.

하지만 태국에 투자한 달러 자본은 하루 만에 19.6% 상승폭만큼 바트화를 거저 얻게 되었다.

"태국이 무너졌으니 칼날이 주변국으로 향하겠군."

"예, 태국이 백기를 든 후부터 링깃화와 루피아에 대한 공격이 본격적으로 진행되고 있습니다."

태국이 항복하자 헤지펀드는 곧바로 말레이시아와 인도

네시아로 향했다.

"우린 얼마나 챙겼지?"

"8억 달러의 이득이 발생했습니다."

태국이 결국 무릎을 꿇고 만다는 것을 알고 있었기에 가능한 이익이었다.

"동남아 국가들에는 미안한 일이지만 우린 최대한의 실탄을 마련해야 해."

"예, 말레이시아와 인도네시아에서도 적잖은 이익을 볼 수 있을 것입니다. 링깃화는 회장님의 말씀처럼 곧바로 무너지지 않았습니다. 너무 일찍 숏 포지션을 가져간 퀀텀펀드가 손해를 본 것 같습니다."

바트화가 붕괴하는 시점에 말레이시아의 링깃화도 곧바로 무너질 줄 알았다.

하지만 예상외로 말레이시아 중앙은행은 링깃화의 방어를 철저하게 해냈고, 미리 숏 포지션을 취한 퀀텀펀드가 선물거래에서 손해가 발생했다.

"링깃화는 일주일 후에야 떨어질 거야."

이곳으로 오기 전 읽었던 환율 전쟁에 관한 책 내용이 머릿속에 들어 있었던 것이 이번 일에도 도움을 주었다.

"회장님께 말씀해 주시지 않았다면 저희도 퀀텀펀드처럼 숏 포지션을 취했을 것입니다."

링깃화는 바트화와 연동되어 움직임을 보였지만 막판 말레이시아의 중앙은행인 네가라은행이 적극적인 개입과 함께 자국 은행들과 외국 은행이 링깃화를 해외에 팔지(대출하지) 못하도록 했다.

더구나 말레이시아는 태국보다 외환보유고가 더 유동적이었고 크게 소진되지 않았었다.

"저들은 우리가 어떻게 진행할지 예측하지 못했어. 더구나 우리를 경계하는 것 때문이라도 움직임이 둔화될 수밖에 없겠지."

소빈뱅크는 태국의 바트화를 버리는 대신 재빨리 말레이시아의 링깃화를 매입했다.

바트화에 집중했던 퀀텀펀드의 예측을 벗어난 것이다.

드러큰밀러가 이끄는 퀀텀펀드는 말레이시아 링깃화가 붕괴하기 직전인 5월에 링깃화에 대해 숏 포지션에 들어갔다.

숏 포지션은 외환거래에서 매도자의 위치에 서는 것을 말한다.

퀀텀펀드는 링깃화가 고평가돼 있으며, 조만간 평가절하될 것으로 판단하여 외환시장에 링깃화를 대량으로 팔았다.

하지만 링깃화는 중앙은행인 네가라은행의 적극적인 방

어와 소빈뱅크의 개입으로 바트화 폭락에 연동되지 않았다.

한편으로 타이거펀드는 링깃화가 예상과 달리 쉽게 붕괴되지 않자 링깃화에 대해 롱포지션(매입자)의 위치로 재빨리 돌아섰다.

이러한 결과는 링깃화를 두고 벌어진 선물거래에서 퀀텀펀드가 손해를 입도록 만들었다.

이익 앞에서는 아군과 적군도 없었다.

바트화를 불태운 불길이 북상하며 아시아에서는 본격적인 환율 전쟁이 전개되고 있었다.

Chapter 10

기아자동차가 마침내 쓰러지고 말았다.

자산 기준 재계 8위이자 부채 기준 7위 기아그룹의 몰락
은 한보사태보다 한국 경제에 더 치명적이었다.

국내 10대 그룹 가운데 부도가 발생해 부도유예협약을
적용받는 것은 기아그룹이 처음이다.

기아 쇼크는 오랜 경기 침체와 연초부터 이어진 한보그
룹과 삼미그룹의 부도 사태 및 진로그룹, 대농그룹의 부도
유예협약 적용 여파에서 겨우 벗어나려는 국내 경제 전반
에 또 한차례 큰 충격을 안겨준 것이다.

기아그룹은 28개의 계열사를 두고 있었고, 이들 회사와 거래하는 하청 및 협력 업체들의 숫자가 5천여 개를 넘어서고 있어 정상화가 이루어지지 않으면 연쇄 도산 위기에 처할 수밖에 없었다.

총자산 기준으로 재계 순위 8위인 기아그룹은 최근 종금사들이 매일 1천억~2천억 원대의 어음을 결제에 돌리면서 자금 압박을 받아왔다.

7월 15일 제일은행 여의도 지점 등에 지급 요구된 2,768억 원의 어음이 최종 부도 처리된 것이다.

기아그룹의 자금난은 계열사 가운데 주로 아시아자동차, 기아특수강, 기산 등 3개사의 수익성 악화로 연쇄적인 자금 압박에 처해 경영이 어려워지면서 비롯됐다.

기아그룹의 금융권 여신 규모는 1, 2금융권 및 회사채, 지급 보증이 5월 말 현재 9조 4천3백60억 원이었다.

은행이 5조 3천8백45억 원이며 제2금융권 등이 4조 5백15억 원이다.

하지만 부도난 7월 현재 얼마나 여신이 늘어났는지는 회사 관계자 외에는 알지 못했다.

한국은행은 기아 부도의 여파를 최소화하기 위해 환매조건부채권(RP)을 되사는 방법으로 1조 원 규모의 자금을 시중에 풀어 금융시장 동요를 막으려고 노력했지만, 주식시장은 요동치고 각종 금리가 치솟고 있었다.

원 달러당 환율은 외환 당국의 달러화 매각에도 불구하고 892.80원으로 전일 대비 2원이 상승했다.

"삼성이 자동차 산업에 진출한 것이 결정적인 패착이자 욕심이었습니다."

삼성그룹은 조선과 반도체에 이어 자동차까지 사업 다각화를 추진했지만 이미 자동차 사업은 전 세계적으로 공급 과잉 상태였다.

"국내 내수시장의 규모가 120만 대이지만 현재 상용 자동차를 만드는 5개 사의 생산 시설 투자로 인해 자동차 생산 능력이 지난해 370만 대에서 올해 410만 대로 늘어났습니다. 지금과 같은 투자 여건이 지속되면 향후 5년 이내에 6백만 대로……."

과잉 중복투자의 전형이 자동차 산업이었다.

김동진 비서실장의 말처럼 재벌 기업들은 삼성의 자동차 진출을 막기 위해 자동차 증설 경쟁을 치열하게 전개해 왔었지만, 결국 삼성은 자동차 사업에 진출했고 2조 6천억 원이 투자되었다.

문제는 이때 기아의 계열사인 아시아자동차는 현대, 대우, 쌍용 등 대형 상용차 업체보다 더 많은 투자를 단행해 생산 설비를 2배로 늘려 기존 대형상용차 업체 중 제일 큰 피해를 보았다.

"경차 사업도 시장 예측을 잘못해 대우와 아시아자동차가 각각 연간 생산량 24만 대와 12만 대의 설비를 구축했습니다. 하지만 경차 시장의 연간 수요는 5~6만 대에 그쳤습니다. 현재의 시장 상황을 최대한 긍정적으로 보아 내수와 수출을 200~250만 대로 예상하더라도 150만 대가 과잉공급입니다."

한때 대형상용차 공급이 부족해 주문 후 1년이 걸린 때도 있었다.

하지만 5개 자동차 업체들의 과도한 투자와 함께 시장 수요 전망이 얼마나 어긋났는지 보여주는 일이 발생했다.

이미 전 세계 자동차 생산 능력은 연간 7,000만 대로 수요를 32% 초과하고 있다는 우려에도 불구하고 한국의 재벌은 이 경고를 무시해 버렸다.

"과도한 욕심이 만들어낸 결과입니다. 한데 문제는 자동차 업계의 과열 경쟁은 경쟁력이 뒤처진 회사의 몰락으로 끝이 나야 하는데도 불구하고 돈을 빌려준 은행들이 망할 상황이 된 것입니다."

미국의 신용평가회사인 스탠더드 앤드 푸어스(S&P)는 한국 정부가 은행의 부실 여신을 해결하기 위해서는 1천억 달러가 필요할 것이라고 말했다.

이는 97년 GDP에 20%에 해당하는 금액이었다.

"예, 말씀하신 대로 한보, 삼미, 진로, 한신공영, 대농, 기아그룹의 부도로 인해서 8개 주요 시중은행의 부실 여신 규모가 30% 이상 늘어났습니다. 그 금액이 144억(12조 9천억 원) 달러에 이르렀습니다."

소빈뱅크 그레고리의 말이었다.

문제는 올해 부도가 발생할 재벌 그룹들이 앞으로 6개나 더 있다는 것이다.

"앞으로가 더 문제야. 기업이 무너지는 것이 아닌 금융권의 붕괴를 보게 될 테니까."

은행들이 소유하고 있는 부도 기업들의 채권이 아무 소용이 없게 되는 상황에 놓인다는 것이다.

그 금액이 12월까지 180억 달러 이상으로 늘어날 것이라는 예측이 나오고 있었다.

"정부의 위기 대응 능력이 많이 떨어지는 상황입니다. 바트화 폭락의 사태가 북상하고 있는 상황에서 남의 나라 보듯이 선제적인 대책을 준비하지 못하고 있습니다."

바트화 공격에 성공한 헤지펀드들은 다음 목표를 찾아 동남아 국가를 헤매고 다녔다.

환투기 세력들은 인도네시아의 루피아를 공격하거나 태

국에도 남아 있었지만, 주된 세력은 말레이시아와 필리핀을 공격했다.

태국이 변동금리제를 채택하던 7월 2일 바트화가 폭락하자 필리핀 중앙은행은 시중은행에 빌려주는 단기금리를 12%에서 25%로 두 배나 올렸지만, 이것만으로는 부족해 7월 11일 최고 32%까지 올렸다.

하지만 인상 효과가 없자 가브리엘 싱손 중앙은행총재는 페소화를 평가절하했고, 시장을 진정시키기 위해 외환거래를 중단했다.

그러자 달러당 26.40페소에서 29.45페소로 11.5% 떨어졌다.

사실상 달러에 대한 고정환율제를 푼다는 의미였다.

또한 가뜩이나 부족한 외환 보유액에서 10억 달러를 풀어 국제 투기꾼의 공격을 방어하려고 애를 쓰는 한편 태국과 함께 각국에 자금 지원을 요청했다.

동남아 국가들을 공격 중인 환투기 세력의 다음 먹잇감은 불 보듯 뻔했다.

"국내 문제가 심각하니 외부로 눈을 돌리지 못하는 것입니다. 더구나 국내 기업들의 당기순이익률도 평균 0.5~0.8%에 불과합니다. 투자한 만큼 돈을 벌어들이지 못할 뿐만 아니라 빚을 갚을 형편이 아닙니다. 이에 따른 충분한 대비를 하시길 바랍니다."

당기순이익률은 회사가 최종적으로 얼마만큼의 이익을 남기는가를 알 수 있게 한다.

올해 시중은행들의 전체 여신 10%에 해당하는 246억 달러를 5대 그룹이 빌렸다.

막대한 채권이 회수되지 않는다면 한국의 은행들은 자본금이 완전히 잠식당하게 될 수밖에 없었다.

*       *       *

대산그룹의 구조조정본부 협상팀이 대산정련과 대산증권의 인수와 관련된 협상을 위해 닉스호텔를 찾았다.

협상팀에는 이중호도 포함되어 있었다.

"저희가 실사한 바로는 대산증권의 부채가 백억 원 더 많은 것으로 드러났습니다. 저희는 굳이 대산증권을 인수할 생각이 없습니다."

대산증권은 대산화학에 3백억 원의 지급보증을 섰다. 그중 백억 원이 아직까지 처리되지 않았다.

"그러시면 백억 원에 대해서는 그만큼 인수금을 낮추는 것으로 하시면 어떻겠습니까?"

인수협상팀을 이끄는 정용수 팀장의 말이었다.

인수협상팀은 어떡하든지 대산증권과 대산정련을 정리하라는 지시를 이대수 회장에게서 받았다.

　"그렇다고 하더라도 저희가 증권업에 진출할 계획은 아직 없습니다. 좋은 가격이지만 내부의 결정에서 대산증권의 인수를 포기하는 쪽으로 결론을 내렸습니다."

　닉스홀딩스 협상팀 양상우 팀장의 말이었다.

　닉스홀딩스는 소빈뱅크를 통하여 금융과 관련된 업무를 모두 처리할 수 있었다.

　"음, 가격이 맞지 않는다면 조정할 수 있습니다."

　양상우 팀장의 말에 정용수의 표정이 어두워졌다.

　"인수 가격에 대한 문제보다는 지금 상황에서 증권업으로 진출을 고려하지 않고 있습니다."

　주식시장은 어렵게 7백 선을 회복했지만, 기아그룹의 부도로 인해 다시금 출렁거렸다.

　이로 인해 증권업계 또한 수렁에서 빠져나오지 못하고 있었다.

　"후! 잠시만 휴식시간을 가지시지요."

　"예, 그러시지요. 30분 후에 다시 보는 것으로 하시죠."

　정용수 팀장의 말에 양상우는 대답을 하고 자리에서 일어났다.

협상팀의 끝자리에 앉아 있던 이중호는 불만이 가득했지만, 자신이 나설 자리가 아니란 것을 알고 있었다.

"굳이 이렇게까지 대산증권을 넘겨야만 합니까?"

휴게실로 나온 이중호가 정용수 팀장에게 말했다.

"기아의 부도로 시장이 더 어려워졌기 때문입니다. 닉스홀딩스와의 협상이 잘 이루어지지 않으면 대산증권과 대산정련의 가격은 더 내려갈 뿐입니다. 이런 시장 상황에서 시간은 우리 편이 아닙니다."

인수·합병 시장에 어려움을 겪는 그룹들이 내어놓은 매물이 넘쳐났다.

흑자를 내는 기업뿐만 아니라 부도로 인해 헐값에 나온 매물이 쏟아지고 있었다.

"제가 볼 때는 닉스홀딩스에서 인수 의사가 없는 것으로 보입니다."

"후! 그게 문제입니다. 닉스홀딩스 외에는 일시에 현금을 지급할 회사가 없습니다. 더구나 대산증권과 대산정련을 매물로 내어놓았다는 사실이 알려지면 대산그룹 자체에도 영향을 줄 수 있습니다. 어떡하든지 협상을 잘 마무리해야 합니다."

좋지 않은 소문이 조금이라도 시장에 유포되는 순간 기업의 운명이 달라질 수 있는 상황이었다.

"아! 정말이지, 대산이 어쩌다가 여기까지 왔는지 모르겠습니다."

이중호는 안타까운 신음성을 내뱉었다.

"대산만의 문제가 아닙니다. 이 나라에 있는 모든 기업들이 현재 겪고 있는 일입니다. 회장님의 말씀처럼 지금 상황을 이겨내는 기업이 앞으로 더 나아갈 수 있습니다."

"예, 무슨 말씀인지 알겠습니다."

이중호는 자신이 왜 이 자리에 있는지를 잘 알고 있었다.

어려움 속에서 답을 찾길 원하는 이대수 회장의 뜻과 함께 지금의 현실을 직접 눈으로 보고 느껴보라는 것이었다.

남은 쉬는 시간을 통해서 정용수 팀장은 이대수 회장에게 상황을 보고했다.

부사장급인 정용수 팀장에게 협상의 모든 전권이 주어진 상황이었다.

대산그룹이 인수 제의한 대산정련과 대산증권 중 대산정련만 인수하기로 했다.

예상과 달리 닉스홀딩스가 대산증권의 인수 거절과 함께 대산정련도 큰 관심을 드러내지 않는 모습에 대산그룹은 당황스러워했다.

그동안의 조사를 바탕으로 닉스홀딩스가 증권업과 제련

사업에 관심을 두고 있다는 정보를 들었기 때문이었다.

협상의 키를 가진 닉스홀딩스에 끌려가던 대산그룹의 협상팀은 닉스홀딩스의 요구를 들어줄 수밖에 없었다.

인수 금액은 1,350억 원으로 결정되었다.

대산그룹이 제시한 1.550억 원보다 200억 원이 낮춰진 금액이었다.

대신 인수 금액 전부를 7월 25일까지 모두 현금으로 지급하기로 했다.

"수고하셨습니다. 대산정련은 욕심이 나는 회사였습니다. DR콩고에서 본격적으로 아연과 구리가 들어오는 상황에서 시기도 아주 적절했습니다."

사실 닉스홀딩스는 제련 회사를 설립하거나 인수할 계획을 갖고 있었다.

이러한 정보를 대산그룹이 입수한 것이었다.

향후 대산정련을 통하여 DR콩고와 칠레, 러시아에서 들어오는 비철금속들을 제련하여 판매할 계획이다.

이제 대산정련에서 닉스정련으로 바뀔 회사에서는 아연, 납, 구리, 동, 백금, 금, 은 등과 함께 파라듐, 세레늄, 황산, 반도체용 고순도 황산, 니켈, 황산니켈을 생산할 예정이다.

이미 인수 후 닉스정련에 새롭게 2천억 원의 신규 투자를 계획하고 있었다.

앞으로 2년 안에 아시아 제일의 제련회사가 탄생할 것이다.

                    *          *          *

말레이시아를 공격했던 환투기 세력은 7월 21일 인도네시아의 루피아로 몰려들었다.

이날 환투기 세력의 공격으로 루피아는 7%나 폭락했고, 중앙은행인 네가라은행의 개입으로 5.7%로 간신히 끝마쳤다.

하루 동안의 하락 폭이 96년 한 해 동안의 하락 폭보다 더 컸다.

동남아 국가들을 헤집고 다니는 환투기 세력은 공격에 성공하지 못하면 다른 나라로 가면 그만이었다.

다른 나라보다 단단하게 보였던 루피아의 방어선이 허무하게 무너진 것은 내부에서부터의 문제였다.

인도네시아에서는 다른 나라에서 볼 수 없는 일들이 발생한 것이다.

이는 환투기 세력이 공격할 것이라는 소문에 인도네시아의 기업과 은행들이 달러를 빼돌리며 루피아 폭락을 가중시켰기 때문이었다.

인도네시아의 자본이 자국 화폐인 루피아보다 안정된 달러로 이탈한 것이다.

　여기에 인도네시아의 자본을 쥐고 있는 상당수의 화교들이 루피아 하락에 대비해 자신들의 자금을 싱가포르와 홍콩으로 옮겨놓은 것도 한몫했다.

　환투기 세력은 다음 먹잇감으로 싱가포르와 홍콩을 넘보기 시작했다.

　이들은 서서히 북동쪽으로 진로를 바꾸고 있었다.

Chapter 11

 한국은 기아그룹의 부도로 인해 은행과 제2금융권이 부도를 내거나 대기업부도방지협약 적용으로 발생한 여신이 눈덩이처럼 커졌다.

 이미 부실 여신 발생은 한보가 4조, 삼미가 1조 6천억 원, 진로가 3조, 대농이 1조 원이었지만 기아그룹은 10조 원에 육박했다.

 이 때문에 정부는 기아의 주거래은행인 제일은행에 대해 한국은행의 특별융자금을 지원할 방침을 밝혔다.

 이러한 상황이 발생하자 국제신용평가사인 S&P는 제일,

한일, 외환, 장기신용, 신한은행 등 시중 5개 은행을 감시 대상으로 분류했다.

또 다른 신용평가사인 무디스는 제일, 외환, 상업, 서울 등 4개 은행을 신용 등급 하향 조정 가능 검토 대상으로 분류했다.

무디스는 이에 앞서 산업, 주택, 수출입, 중소기업은행 등 4개의 국책은행을 요주의 대상으로 분류했다.

국내 은행들의 잇따른 신용등급 하락으로 해외 차입이 더욱 어려움에 부닥칠 것이 예상되었다.

한편으로 기아자동차는 신차 가격을 70% 할인하는 파격적인 행사를 통해서 현금을 마련하려고 안간힘을 쓰고 있었다.

더구나 기아자동차가 정상화되지 않으면 5천여 협력 회사와 하청 업체에 속한 60만 명의 종업원이 직장을 잃을 수밖에 없었다.


"닉스홀딩스에서 대산정련 인수 자금이 입금되었습니다."

정용수 비서실장의 보고였다.

"약속은 잘 지키는군."

"예, 은행 거래 시간이 되자마자 입금해 주었습니다."

"음, 아쉬워. 대산증권도 닉스홀딩스에 넘겼어야 했는데 말이야."

대산증권은 현재 대우그룹에서 인수하겠다는 의사를 보내왔다.

문제는 일시금이 아닌 분할로 인수금을 주겠다는 것이다. 더구나 대산그룹이 요구한 금액에서 25%나 할인된 금액으로 인수하길 원했다.

인수자가 대우 말고는 나오지 않은 상황에서 무작정 거절할 수도 없는 상황이었다.

대우는 대산증권을 인수해 대우증권과 합병시켜 업계 1위 자리를 지키려고 했다.

어려운 시장 상황에서 대우는 더욱 공격적인 모습을 보였다.

"기아그룹이 부도가 나지 않았다면 닉스홀딩스가 대산증권을 인수했을 것입니다. 기아 사태로 주식시장 환경이 좋지 않은 쪽으로 흘러간 것이 결정적인 요인이 된 것 같습니다."

"그래, 회복을 보이던 시장에 찬물을 끼얹은 일이 되었으니 말이야. 구조조정을 좀 더 서둘렀어야 했어."

이대수 회장은 아쉬움이 묻어나오는 표정이었다.

97년이 국내외로 어려운 경영 환경이 되리라는 것을 예상했지만, 상황은 예측보다도 훨씬 더 어려운 상황을 맞이했다.

"그 누구도 예측할 수 없었던 일입니다. 다른 기업보다도 저희가 먼저 발 빠르게 대응했습니다."

대산그룹은 작년 말부터 인원에 대한 구조조정과 함께 신규 인력 채용을 작년보다 50% 줄였다.

"음, 대산식품과 대산에너지의 상황은 어떻게 진행되고 있어?"

"대산식품은 농심 쪽과 이야기를 나누고 있습니다. 조만간 결론이 날 것 같습니다. 문제는 대산에너지입니다. 한라그룹 쪽에서 인수 의사를 전해왔지만, 한라의 자금 사정 때문에 어려울 것 같습니다."

한라그룹은 대산에너지를 인수하여 에너지 사업을 확대할 계획이었다.

하지만 자금 조달 문제로 인해서 협상이 흐지부지되고 있었다.

"음, 대산에너지가 팔려야 대선 자금을 만들 수 있는데 말이야."

대산그룹도 대통령 후보로 나서는 정민당의 한종태 당대표가 요구한 자금을 지원해야만 했다.

하지만 문제는 대산그룹 또한 자금 사정이 이전과 같지

않았다.

"늦어도 9월까지는 정리가 될 수 있도록 하겠습니다. 한라에너지 쪽에서 다음 달까지만 기다려 달라는 요청이 있지만 LG칼텍스정유와 현대정유 쪽도 접촉할 예정입니다."

"시장이 더 어려워지기 전에 서둘러. 시간을 끌수록 제값을 받지 못할 테니까."

"예, 최선을 다하겠습니다."

대산그룹뿐만 아니라 부도방지협약을 받은 진로그룹과 대농그룹도 살아남기 위해 팔 수 있는 모든 계열사를 시장에 내어놓고 있었다.

*　　　*　　　*

8월 현재 전국의 부도 업체 수는 9,832개로 월평균 1,229개사가 부도로 쓰러졌다.

하루 평균 50개 업체가 부도로 쓰러지고 있었다.

지금 같은 추세라면 연말까지 부도 업체 수가 1만 5천 개에 이를 것으로 전망됐다.

특히나 제조 업체의 부도가 빠르게 증가하고 있었다.

월평균 전국 어음부도율도 0.23%로 작년보다 0.09%나 급등했다.

더구나 대기업의 부도 여파로 2백만 명에 달하는 대기업과 협력 업체 근로자들이 월급과 보너스를 받지 못하고 있었다.

기아그룹은 6만여 명에 달하는 본사 직원과 기아그룹의 1만 7천 개 협력 업체를 포함하면 기아 사태로 영향을 받는 근로자가 130만 명이었고, 진로그룹은 20만 명, 대농은 16만 명에 달했다.

여기에 한보와 진로그룹, 그리고 한신공영을 합하면 2백만 명을 넘어서는 숫자였다.


기아자동차의 거래 업체인 태인정밀이 부도가 났다.

2백여 명의 직원들 모두가 두 달 전부터 월급을 받지 못하고 있었다.

"후! 집에다 어떻게 말해야 할지 모르겠어."

담배 연기를 힘들게 뿜어내는 이영복 생산 1팀 과장이 어두운 표정으로 말했다.

"난 집주인이 전세금을 올려달라고 하는데 돈을 구할 수가 없어. 그리고 월급은 그렇다고 해도 퇴직금은 나와야 하잖아."

동기인 최종수 과장이 심각한 표정으로 말을 이었다.

태인정밀의 대표는 일주일 전부터 회사에 출근하지 않고

있었다.

"다 물 건너간 것 같습니다. 박 부장이 출근하지 않고 있잖습니까? 사장도 코빼기를 보이지 않고."

생산 2팀의 이인영 대리가 화난 얼굴로 말했다.

자금을 담당하는 박영철 경리부장도 이틀 전부터 출근하지 않았다.

"어디 가서 돈을 구하고 있겠지. 이번 주까지는 기다려 봐야지."

이영보 과장이 말을 끝마칠 때였다.

일단의 사람들이 공장 안으로 들이닥쳤다.

"기계하고 자재들도 모두 다 붙여."

그들 중 리더로 보이는 사람이 기계와 장비를 가리키며 소리쳤다.

"무슨 일입니까?"

이인영 대리가 놀란 눈을 한 채 물었다.

"추심명령에 따른 강제집행입니다. 압류 딱지를 붙이는 기계와 물품들은 임의로 이동하시거나 판매하시면 처벌받으실 수 있습니다."

법원 집행관의 말에 공장 안에 있던 사람들의 표정이 싸늘하게 변했다.

월급과 퇴직금을 주지 못하면 공장과 회사의 물건들을

팔아서라도 주겠다는 경리부장의 말이 있었다.

한데 지금 회사에서 값나가는 모든 물품과 기계에 압류 딱지가 붙여지고 있었다.

*      *      *

"한국 인플레이션을 잘 관리해 왔고, 정부 예산도 균형을 이루어와 경제의 펀더멘털은 강했습니다. 문제는 대외 채무 비율이 아니라 단기 외채입니다. 그것도 정부가 진 단기 외채가 아니라 재벌과 은행이 안고 있는 외채 때문입니다. 여기에 재벌 기업들이 한국 정부가 주요 산업에 대한 진입 규제를 풀자 자동차, 반도체, 유화, 조선, 철강 같은 주력 산업 분야에 과잉투자를 빚은 결과입니다."

영국에서 날아온 소빈뱅크 국제금융센터의 소로킨 마트베이의 말이었다.

마트베이의 말처럼 한국의 은행과 재벌들은 국내보다 금리가 낮은 단기자금을 해외에서 마구 들여와 돈놀이를 벌였다.

더구나 국내 모기업과 계열사를 상호 담보로 해서 외국에서 돈을 빌렸고, 그 자금으로 해외 진출이 러시를 이루었다.

단기 자금은 하루짜리에서 만기 1년까지의 대출금을 말한다.

한국 금융기관과 재벌들은 짧은 만기로 돈을 빌려 계속 만기를 연장함으로써 장기로 사용해 왔다.

"한국의 종금사(종합금융사)들은 저리의 엔화 자금을 바탕으로 이자율이 높은 러시아와 동남아, 그리고 라틴아메리카의 채권에 투자했습니다. 현재 러시아에 40억 달러 상당의 국채를 보유하고 있으며 우크라이나는 5억 달러를, 카자흐스탄에는… 태국 정부가 진행한 은행과 파이낸스사의 영업 제한 조치로 인해 종금사들은 3억 달러의 손실이 발생한 것으로 보여…….."

종금사들은 낮은 금리의 자금을 들여와 높은 이자율을 주는 국가들에 투자했다.

하지만 IMF의 구제금융을 요청한 태국은 구제금융을 받는 대가로 가혹한 구조조정이 진행되고 있었다.

태국 정부는 IMF의 압력에 의해 91개에 달하던 금융기관 중 3분의 2에 해당하는 58개 업체의 영업을 정지시켰다.

문제는 이들 금융기관에 돈을 빌려주었던 국내 종금사들이 채권 행사가 불가능해져 대출금을 고스란히 떼일 처지에 놓였다는 것이다.

또한 인도네시아 루피아화의 폭락으로 인한 손실도 크게

발생했다.

국내 종금사들의 대외부채는 모두 200억 달러였고, 이 중 65%인 129억 달러는 단기 외채였다.

사실상 일부 종금사는 도산 상태에 처해 있었다.

"러시아 채권을 팔고 있는 건가?"

"예, 해외에서 돈줄이 끊기자 종금사들이 가지고 있던 채권을 내던지고 있습니다. 이로 인해 러시아의 주식시장과 채권시장이 흔들리고 있습니다."

러시아의 40억 달러의 채권 중 20억 달러를 일시에 매각하고 있었다.

이로 인해 러시아 채권값이 폭락 중이었다.

"국제금융거래를 제대로 파악하지 못한 채 돈만 좇은 결과겠지. 다른 국가들은?"

"라틴아메리카 브레디 본드와 동남아 채권들도 내던지고 있지만 동남아 채권을 사줄 매입자가 없습니다. 동남아 채권은 물릴 수밖에 없는 상황입니다."

현금이 필요한 종금사는 손해를 보더라도 가지고 있던 채권을 현금화하고 있었다.

종금사들이 투매한 해외 자산 중 러시아와 라틴아메리카 채권은 헐값이라도 그나마 매각됐지만, 문제는 동남아 채권이었다.

브래디 본드는 89년 디폴트(대외채무 불이행) 사태에 빠진 남미 국가들이 채무 구조조정을 위해 신규로 발행한 채권을 통칭한다.

중남미 채무국들은 외채의 상환 대신 25~30년의 장기 채권을 발행해 줬으며 미국 정부가 이 채권에 대해 보증을 해주는 방식을 취했고, 중남미 18개국이 총 1천9백억 달러어치를 발행했다.

뉴욕 시장과 유럽 시장에서 주로 유통되는데 전체 거래 규모는 500억 달러로 미국 정부가 지급 보증한 것은 20~30%뿐이다.

"미국 정부가 보증하는 브래디 채권은 우리가 매입하지."

"예, 좋은 가격이라 3억 달러어치를 선별해서 매입하고 있습니다."

"좋아, 우리가 예측한 대로 흘러가고 있어. 러시아가 흔들리겠지만, 더 큰 그림을 위해서 지금은 움직임을 참아야 해."

"예, 그렇지 않아도 러시아 재무부에서 채권 매입에 대한 요청이 들어왔습니다."

러시아의 취약한 금융시장에 있어 20억 달러의 채권 매도는 큰 악재였다.

한국의 종금사들로 인해서 러시아와 우크라이나의 금융 시장이 흔들리기 시작했다.

"쿠드린 재무부 장관에게는 내가 연락을 취하지."

한국과 러시아의 경제 위기를 이용해서 환투기 세력을 움직이는 거대 세력인 이스트와 웨스트를 잡아야만 했다.

Chapter 12

쿠드린 재무장관의 요청을 받아들여 2억 5천만 달러 상당의 러시아 채권을 사들였다.

단순히 보여주는 모습을 위한 채권 구매였고, 러시아 정부의 보증이 있었기 때문에 받아들인 일이었다.

한국의 종합금융사들이 내던진 러시아 채권을 모두 사들일 수 있었지만 그러지 않았다.

러시아는 원래의 역사대로 흘러가야만 내가 준비한 덫에 환투기 세력을 가두어 둘 수 있었다.

"밥 먹을 때도 보고서를 읽는 거야?"

가인이가 나를 보며 말했다.

흑천의 척살단이 집을 급습한 이후 완공된 집으로 이사 갔던 가인이와 예인이, 그리고 송 관장이 다시금 집으로 들어왔다.

모두가 나의 안전을 위해서였다.

"아주 중요한 보고서라서."

"그래도 식사할 때는 밥 먹는 데 집중해야지."

예인이가 국을 나에게 건네주며 말했다.

"어, 미안."

나는 보고서를 내려놓으며 말했다.

언제부터인가 늘어난 일로 인해 작은 일상의 즐거움이 점점 사라지는 느낌이었다.

"요새 태수 얼굴 보기도 힘들던데. 그렇게 바빠서 어디 수련이나 제대로 하겠냐?"

송 관장도 내 모습에 한마디 던졌다.

그의 말처럼 요즘 새벽에 출근해 자정쯤에 집에 돌아오는 일이 다반사였다.

닉스홀딩스와 룩오일NY 관계자들과의 연속된 회의와 지금 벌어지고 있는 경제 흐름에 대한 대응 방안을 모색하기 위해서였다.

시시각각 변하는 동남아시아와 한국의 상황에 눈을 뗄

수가 없었다.

"상황이 여의치가 않아서요. 신문이나 뉴스에서 보셔서 아시는 것처럼 한국 경제가 좋지 않은 상황으로 전개되고 있어요. 사실 뉴스에 나온 것보다 더 심각한 상황입니다."

"그렇게나 심각한 거야?"

송 관장이 나의 말에 궁금한 표정으로 물었다.

"예, 정부 관계자나 기업들의 대응이 너무 안일한 모습입니다. 은행들도 마찬가지고요. 지금 환투기 세력들이 대만과 싱가포르 화폐를 공격하고 있습니다. 앞으로 홍콩을 거치면 곧바로 한국이 다음 공격 대상이 됩니다."

하이에나처럼 달려드는 환투기 세력의 폭풍이 대만에도 상륙했지만, 그 피해가 동남아 국가들과는 달랐다.

아시아 경제 위기의 소용돌이에서 대만을 지켜준 바람막이는 막대한 외환 보유액이었다.

"환투기 세력이라는 것이 한 나라의 경제를 위기에 빠뜨릴 만큼 위험한 것이야?"

옆에서 이야기를 듣던 예인이가 물었다.

"국제 외환시장에서 싸움은 돈과 돈의 싸움이야. 얼마나 많은 돈을 가지고 공격을 하고 방어를 하느냐에 승패가 갈린다고 봐야겠지. 지금 동남아 경제가 위기에 빠진 것은 쉽게 말해서 헤지펀드들과 돈 싸움에서 진 거야."

"돈이라는 것이 달러를 말하는 거겠지."

가인이가 내 말에 홍미를 느꼈는지 관심을 보였다.

경영학과를 다니는 가인이와는 시간이 날 때마다 경제와 관련된 여러 이야기를 나누었다.

"그래, 각 나라들이 보유하고 있는 외환 보유고를 말해. 지금 대만은 헤지펀드들의 공격을 받고 있지만 850억 달러에 달하는 막대한 외환 보유액을 풀어서 대만 달러를 방어하고 있어."

"그럼, 우리나라는 외환 보유액이 얼마나 있는 거야?"

"대략 305억 달러를 보유하고 있지만, 실질적으로 사용할 수 있는 금액은 제한되어 있어. 그리고 환투기 세력과 헤지펀드들이 얼마나 무지막지한지를 경제 관료와 은행 관계자들이 모르고 있다는 것이 문제지."

예인이의 물음에 간략하게 설명해 줄 수밖에 없었다.

환투기 세력에게 무너진 태국과 말레이시아, 그리고 인도네시아는 가혹할 만큼의 구조조정이 진행되고 있었다.

자국 화폐가치가 떨어진 만큼 개인과 기업들은 빚이 늘어났고, 외환 위기가 닥친 각국의 수도에는 건설이 중단된 빌딩들이 흉물스럽게 남아 있었다.

"태수가 심각하다고 한다면 심각한 것이겠지. 언론들에

서 나오는 말들을 들어보면 태국이나 인도네시아에서 일어난 일들은 한국과는 무관하다고 말하던데 많이 다른가 보구나."

송 관장의 말처럼 언론들과 한국에 있는 대다수의 전문가들은 동남아와 같은 파국이 발생하지 않으리라고 진단했다.

더구나 한국이 태국, 인도네시아, 말레이시아, 필리핀의 경제력을 합친 규모이자 세계 11위의 경제 대국이라는 것도 한몫했다.

한국 정부도 한국의 경제 펀더멘털이 좋고 건강하다고 한결같이 말하고 있었다.

이렇게 말하는 이유 중 하나는 태국과 달리 한국의 부동산 거품은 진정되어 있다는 것과 함께, 동남아 국가들은 고정환율제를 취하다가 경제가 무너졌지만, 한국은 변동환율제를 취하고 있다는 점이었다.

"한국의 문제는 동남아시아 국가들과는 다른 면이 있습니다. 한국 경제의 거품은 부동산이나 국가 채무에 있지 않고 금융기관과 기업들이 막대하게 지고 있는 해외 채무 때문입니다."

"은행과 기업들이 빚을 얼마나 졌길래 위험하다는 거냐?"

예인이는 내 말에 호기심이 생겼는지 계속해서 질문을
던졌다.

"1천5백억 불 정도로 보고 있는데, 당장 갚아야 하는 1년
미만의 단기외채가 8백억 불이라는 것이 더 큰 문제야. 더
구나 이러한 빚이 2년 사이에 80% 가까이 늘어났지."

1천5백억 달러는 GDP에 30%에 가까운 금액이다.

더구나 올해 늘어난 누적적자의 금액이 1백억 달러에 달
하고 있는 것도 문제였다.

"단기로 빌린 돈을 외국 은행들이 연장해 주지 않으니까
문제가 되는 것이겠네."

내 말에 이어 가인이가 추가로 설명했다.

"그래, 정확한 정답이야. 한마디로 돈을 더는 빌려주지
않고 빌린 돈을 갚으라는 것이지."

"잘 이해가 되지 않아서 그런데, 돈을 갚으면 되지 않
나?"

예인이가 다시금 질문을 던졌다.

"틀린 말이 아니야. 하지만 돈을 갚는 것이 그리 간단하
지가 않아. 은행들이 외국에서 빌려온 돈을 기업에 대출해
주면 기업은 그 자금으로 공장을 짓거나 설비에 투자하는
데, 갑자기 돈을 갚으라고 하면 공장이나 설비를 팔아서 빚
을 갚을 수밖에 없으니까 문제가 되는 거야. 만약 장기자금

이었다면 빌린 돈으로 세운 공장에서 만들어낸 물건을 팔아 천천히 갚아나갈 수 있었을 테지만, 단기자금은 그럴 수가 없거든."

"아! 무슨 말인지 알겠다. 빨리 갚아야 하는 돈으로 장기투자를 한 거네."

"그래, 맞아. 돈을 너무 많이 빌린 것도 문제고, 그 돈이 한꺼번에 한국에서 빠져나가려고 하니까 더 큰 문제가 발생하는 거야."

"정말 머리가 아프겠다. 이런 것까지 알고서 일일이 대응해야 하는 거야?"

"상황에 따른 대책은 회사 직원들이 세우지만, 그에 따른 결정은 내가 해야 하니까. 그리고 그 결정 하나가 이제는 수십만 명의 운명을 좌우할 수 있어서 이렇게 심사숙고할 수밖에 없어."

나는 옆에 놓아둔 보고서를 들면서 이야기했다.

"정말이지 태수는 우리와 다른 길을 걸어가고 있어. 내가 도와줄 것이 있으면 언제든지 이야기해."

"이렇게 함께 있는 것만으로 힘이 됩니다."

"그래도 밥 먹을 때는 일을 잊어. 그리고 40살에 은퇴하는 것도 잊지 말고."

"하하하! 그래. 꼭 할게."

요즘 들어 더욱 함께하지 못하는 가인이에게 마흔 살에 은퇴해 세계 여행을 하자고 말하고 있었다.

　가족처럼 아끼고 사랑하는 사람들이 옆에 함께하지 않는다면 지금 내가 하는 일들을 해낼 수 없었을 것이다.


＊　　　＊　　　＊


　한라그룹 정태술이 예고도 없이 갑작스럽게 한라에너지를 방문했다.

　"잘하고 있는 거야?"

　"예, 10월까지는 150개 주유소 공사가 모두 마무리될 수 있을 것 같습니다."

　이정운 한라에너지 사장의 말이었다.

　올해 220개의 주유소를 확보하기로 했지만, 자금상의 문제로 70개는 내년 초로 미루어졌다.

　"있을 것 같습니다가 아니라 확실히 끝내. 한라에너지가 올해부터 매출이 나와주어야 숨통이 트일 수 있으니까."

　한라그룹의 계열사들 모두가 힘에 부치고 있었다.

　업계를 선도하는 기업이 없는 한라의 계열사들은 매출과 이익률이 큰 폭으로 떨어졌다.

　"예, 확실하게 끝마치겠습니다."

"그리고 문호는 일을 잘하고 있나?"

"매일 출근하고 있습니다."

"출근하는 것을 묻는 게 아니잖아. 아니야, 내가 직접 가서 보지."

한라에너지 사장실에 나온 정태술은 함께 온 비서만을 대동한 채 정문호가 일하고 있는 기획실로 향했다.


"아! 정말. 오늘따라 왜 이래."

자신이 잡은 카드를 집어 던지며 말하던 정문호는 담배를 입에 물었다.

스페이드 플러시를 잡았지만, 포카드에 밀려 4천만 원이 순식간에 나갔다.

그때였다.

정문호가 테이블에 올려놓은 핸드폰이 요란하게 울렸다.

"하필 이럴 때 전화야. 잠시만, 전화 좀 받고 올게."

"빨리 갔다 오세요. 자리를 오래 비우면 다른 분이 앉습니다."

카드를 정리하는 인물이 정문호를 보며 말했다.

"재수 없는 새끼."

정문호는 입에 물고 있던 담배를 카드를 정리하던 사내에게 던지며 말했다.

"후후! 빨리 갔다 와."

돈을 딴 사내는 웃으면서 가볍게 날아온 담배를 피했다.

강남에서 알아주는 병원장 아들인 사내는 정문호와 자주 포커판에서 어울리는 인물이었다.

─여보세요.

"뭐냐?"

돈을 잃은 정문호는 신경질적으로 말했다.

─큰일 났습니다, 차장님.

"뭔데?"

─회장님이 차장님을 찾고 계십니다.

"아버지가? 아니, 어떻게 된 거야?"

다시금 담배를 입에 물려던 정문호의 손에서 담배가 떨어졌다.

─갑작스럽게 회사를 방문하셨습니다. 빨리 들어오십시오. 잠깐 외근 나갔다고 했습니다.

"알았어. 잘 둘러대."

─예, 빨리 돌아오십시오.

정문호는 핸드폰을 끊자마자 부리나케 포커판이 벌어지고 있는 게임장을 떠나려고 했다.

"무슨 일 있으세요?"

게임장을 운영하는 지배인이 다급해하는 정문호에게 물

었다.

"일이 생겨서. 나중에 환전할 테니까, 내 칩 챙겨놔."

"알았어요."

도박장을 나서려는 정문호에게 문을 열어주려고 할 때였다.

바깥쪽에서 문이 열리며 수십 명의 인물들이 갑자기 들이닥쳤다.

"경찰이다! 모두 제자리에 움직이지 말고 있어!"

앞장선 사내가 경찰 신분증을 내보이며 소리쳤다.

그 순간 도박장은 아수라장으로 변했다.

게임장에 있던 사람들이 사방으로 달아나기 시작한 것이다.

*      *      *

쨍그랑!

정문호가 자신에게 날아온 물 잔을 피하자 벽에 부닥친 물 잔은 산산이 부서졌다.

"나가 죽어! 네가 그러고도 사람 새끼라고 할 수 있어!"

화가 머리끝까지 난 정태술은 고개를 숙이고 있는 정문호를 향해 소리쳤다.

"죄송합니다. 오늘 딱 한 번 갔습니다."

"내가 다른 것은 용서해도 노름은 안 된다고 했지. 차라리 여자를 만나고 술을 처먹어. 야! 골프채 가지고 와."

정태술은 자신의 딸인 정가은에게 소리쳤다.

정가은은 정문호의 누나이자 이동만 한라시멘트 사장의 부인이기도 했다.

이동만은 정문호에게 도박장을 소개해 준 인물이었다.

"아빠, 문호가 딱 한 번 갔다잖아요. 하지 않던 회사 일 때문에 스트레스가 많아져서 그럴 거예요."

"그깟 일로 스트레스를 받으면 나중에 한라그룹을 어떻게 끌고 갈 수 있겠어. 잔말 말고 골프채 가지고 와."

정태술은 매고 있던 넥타이를 풀어헤치며 말했다.

"뭐 해? 무릎 꿇고 아버지에게 잘못했다고 빌어."

정가은은 정문호를 바라보며 말했다.

"아버지, 정말 죽을죄를 지었습니다. 다시는 실망시켜 드리지 않겠습니다. 요즘 전에 폭행을 당했던 기억이 자꾸만 떠오르곤 해서 머리가 아팠습니다. 그래서 저도 모르게……."

핑곗거리를 찾던 정문호는 무릎을 꿇고는 티토브 정에게 당했던 이야기를 꺼내 들었다.

"야! 사내새끼가 그만 것 하나 못 이겨내?"

정문호의 말에 정태술 회장의 목소리가 조금은 누그러졌다.

"아버지, 그런 일을 겪으면 쉽지 않아요. 그게 뭐라더라, 그렇지. 외상 후 스트레스 장애라고 생명을 위협당할 정도의 극심한 스트레스를 경험하고 나면 정상적인 생활이 힘들어진대요."

"그런 것도 있어?"

"예, 치료를 잘하지 못하면 생활하는 자체가 힘들다고 하더라고요. 문호가 그나마 잘 견딘 거예요. 그때 일로 많이 힘들어하는 것 같은데, 회사 일 말고 당분간은 집에서 그냥 쉬게 하세요."

정가은은 정문호를 감싸듯이 말했다.

"후! 이번은 네 누나 말을 듣고서 넘어가지만 한 번만 더 내 얼굴에 똥칠하고 다니면 그때는 정말 이 집에서 쫓겨날 줄 알아."

정문호를 경찰서에서 빼내느라 정태술은 적지 않은 곳에 전화를 넣었다.

"예, 다시는 그런 일이 없을 것입니다."

"네 누나 말처럼 회사에 나가지 말고 당분간 집에서 근신하고 있어."

"예."

말을 마친 정태술은 자신의 방으로 향했다.

"크크크! 졸라 고맙다."

정태술이 사라지자 무릎을 꿇고 있던 정문호가 일어나며 정가은에게 비웃듯이 말했다.

"후후! 정신 차리고 원래 하던 대로 행동해. 괜히 회사에 얼쩡거리지 말고 말이야."

"그래. 덕분에 쉬게 되었네. 하여간 오늘 일은 마음에 담아둘게."

"나나 되니까 네 편이 되어준 거야. 미정이 언니였으면 넌 그냥 끝이야."

정미정은 정문호의 큰누나이자 한라모직의 사장이었다.

정미정은 현재 미국 출장 중이었다.

"오호! 그래. 도와줘서 고맙다. 한데 누가 신고했는지 모르겠지만, 타이밍이 아주 죽여줬네."

정문호는 자신이 도박장에 출입한다는 것을 아는 사람이 이동만밖에 없다는 사실이 머릿속에서 내내 맴돌았다.

"정신 차려, 그나마 아버지가 떼어주려는 밥그릇까지 차지 말고 말이야. 하여간 몸조심하고 있어."

정가은은 자신의 가방을 챙겨서 정태술의 집을 나섰다. 그녀의 집은 정태술의 집에서 10분 거리에 있었다.

"시발 것들, 완전히 날 갖고 노네."

정가은이 떠나는 모습을 지켜보는 정문호의 눈에서 적개심이 타오르고 있었다.

*      *      *

월급과 보너스를 받지 못해 차갑고 싸늘한 추석을 보낸 부도 기업의 직원들은 회사로 돌아와서도 일이 손에 잡히지 않았다.

그들을 맞이하고 있는 것은 구조조정에 따른 해고 통보였다.

아시아자동차에 납품하는 강호산업은 절반이 넘는 직원들을 내보내기로 한 것이다.

"이러자고 밤을 낮 삼아서 열심히 일한 것인지, 자괴감이 듭니다."

해고 통보를 받은 한 직원이 직장 선배에게 하소연하듯이 말했다.

"후! 나도 마찬가지야. 월급은 그렇다고 쳐도 해고는 생각지도 못했거든."

"3분의 2를 내보내도 회사가 살아난다는 보장도 없다잖아. 이대로 그냥 있을 거야?"

"그런 뭘 어떻게 해. 데모라도 할까? 지금 우리가 아무리

떠들어도 관심을 갖는 사람들이 없어. 여기만 그런 것이 아니니까 말이야."

입사 동기인 정 대리의 말에 김 대리는 자포자기한 모습이었다.

퇴사 통보를 받은 인물들은 밀린 월급과 퇴직금의 절반을 지급하겠다고 회사 관계자가 이야기했다.

회사가 정상화되는 대로 나머지 퇴직금을 지급하겠다는 말도 덧붙였지만 사실 기약이 없었다.

더구나 해고 통보를 받은 대다수가 입사 3년 차 이내의 직원들이었다.

Chapter 13

　동남아시아를 거쳐 싱가포르와 대만을 공격하던 환투기 세력은 도시국가인 홍콩을 넘보기 시작했다.

　이미 싱가포르와 대만은 환투기 세력의 공격에 싱가포르 달러와 대만 달러가 크게 출렁거리며 하루 만에 2~3%가 떨어지는 혼란을 겪었다.

　하지만 대만은 한국의 두 배를 훨씬 넘어서는 850억 달러의 막대한 외환 보유고가 그들의 든든한 방어막이 되어 주었다.

　대만은 한국보다 작은 경제 규모지만 더 많은 외환을 가지고 있었기 때문에, 약간의 통화 하락을 감수해도 대만 달러의 붕괴를 거뜬히 방어할 수 있었다.

더구나 대만은 다른 아시아 국가들과 달리 보수적인 금융시스템을 운영해 왔다.

이미 대만은 86~90년에 부동산 거품 현상을 겪었기 때문에 일본, 태국, 말레이시아, 인도네시아가 거쳤던 부동산 거품 경기가 사그라져 있었다.

한편으로 대만 중앙은행은 시중은행의 민간 대출을 엄격하게 규제했다.

한국과 달리 위험성 있는 해외 단기 차입을 억제했고, 은행들도 기업에 대출할 때 까다로운 조건을 제시하며 돈을 내주었다.

이러한 보수적인 운영 형태가 동남아발 통화 위기를 넘길 수 있는 버팀목이 되어준 것이다.

싱가포르 달러도 환투기 세력의 공격으로 하락은 있었지만, 곧 안정되었다.

싱가포르 또한 720억 달러에 달하는 넉넉한 외환 보유액으로 환율을 방어했기 때문이다.


"대만과 싱가포르는 예상대로 환투기 세력들과의 싸움에서 밀리지 않았습니다. 주식시장이 흔들리기는 했지만, 충분히 감내할 수준입니다."

소빈뱅크 서울 지점장인 그레고리의 보고였다.

금융과 연관된 보고는 전적으로 소빈뱅크가 담당하고 있었다.

"두 곳은 크게 먹을 것이 없으니까. 이제 곧 홍콩을 노리겠군."

"예, 현재 홍콩의 부동산 버블이 상당합니다. 본토에서 넘어온 자금들이 홍콩 증시와 부동산까지 부양시켰습니다."

중국은 영국으로부터 홍콩 인수를 앞두고 몇 년 전부터 홍콩 부양 정책을 취해왔다.

중국의 국영기업과 지방의 공기업 중 우량한 기업들이 홍콩 증시를 통해 상장되었고, 이들 종목은 레드칩(Red Chip)이라 불리며 투자자들에게 인기를 끌었다.

중국 본토에서 홍콩으로 흘러 들어온 자금은 250억 달러를 넘어서고 있었다. 그리고 이러한 자금이 레드칩 종목을 띄우고 홍콩 증시를 부양시켰다.

"언제나 버블은 문제를 발생시키지. 중국이 홍콩의 자산을 인위적으로 부풀리는 느낌이야."

홍콩 증시의 주가 총액은 2천억 달러를 넘어섰지만, 한국의 주가 총액은 1,150억 달러로 떨어졌다.

현재 홍콩 항생 지수는 전달보다 10% 인상된 16,600대를 넘어섰다.

여기에 부동산 가격이 가파르게 상승해 같은 평수의 사무실을 임대하는 비용이 일본의 도쿄보다 비쌌다.

실례로 리펄스 베이의 60평대 아파트가 7백만 달러에 거래되고 있었다.

"예, 중국 정부는 홍콩을 뉴욕의 월가처럼 키우고 싶어 합니다. 한편으로는 자신들도 충분히 자본주의 금융센터인 홍콩을 부양할 수 있다는 것을 대내외로 보여주기 위한 행동을 취한 것입니다."

150년 만에 홍콩의 주권이 중국에 넘어가게 되면서 현재와 같은 모습의 홍콩을 유지할 수 없다는 우려가 상당했었다.

이러한 우려로 인해 부유한 홍콩인들 상당수가 이민을 떠나기도 했다.

중국은 서방 국가들과 홍콩인들의 우려를 불식시키기 위해 홍콩 경제를 인위적으로 부양시키려고 노력해 온 것이다.

"그런 모습을 미국의 월가가 그냥 보고만 있지 않지. 이미 해외 화교들이 장악하고 있던 태국 바트화와 필리핀 페소, 말레이시아 링깃, 인도네시아 루피아를 차례대로 무너뜨렸으니까 말이야."

중화 경제권의 외곽으로 불리는 동남아 국가들의 경제가 환투기 세력에게 무릎을 꿇었다.

중국은 홍콩을 중심 삼아 동남아 국가의 경제에 뿌리내리고 있는 화교들을 끌어들여 중화 경제권을 확장하려고 했다.

중화 경제권은 전 세계에 살아가고 있는 화교들을 하나의 경제권으로 묶으려는 시도였다.

이 중화 경제권에는 대립 관계에 있는 대만도 포함된 것이다.

"예, 이제 본격적으로 홍콩을 공격할 것입니다. 홍콩 통화관리국(HKMA)도 이러한 낌새를 눈치챘는지 7월 말 선제적으로 오버나이트 금리(단기금리)를 5%에서 6.25%로 인상했습니다. 앞으로도 오버나이트는 계속해서 올라갈 것 같습니다."

오버나이트 금리는 금융기관이 다른 금융기관으로부터 빌리는 하루짜리 초단기 외화자금이다.

홍콩은 현재 상당한 외국 자본이 들어와 채권과 주식시장에 투자되어 있었다.

이들의 이탈로 인해 금융과 중계무역으로 살아가는 홍콩 경제가 크게 흔들릴 수 있었다.

"아마 그렇겠지. 홍콩은 특별한 곳이야. 우린 헤지펀드와 홍콩 통화관리국과의 대결을 철저히 이용해서 최대한의 수익을 올려야 해."

동남아 국가들과 한국의 통화는 선물환거래가 철저히 통제되고 있었지만 홍콩 달러는 자유롭게 거래되었다.

"예, 헤지펀드들이 이달 들어 본격적으로 홍콩 달러를 선물환 시장에 내던지고 있습니다."

선물거래를 통해 미래의 홍콩 달러 가격을 떨어뜨린 다음 홍콩 달러를 대대적으로 매각하는 전략이었다.

"우린 홍콩 달러가 아닌 홍콩 항셍 지수와 선물에 집중하면 돼. 그다음은 미국 증시가 우리의 먹이가 되겠지."

"예, 이번에도 회장님의 매직을 기대하고 있습니다."

내 말에 그레고리는 얼굴에 미소를 지으며 말했다.

미래를 내다본다는 것은 금융거래에서 엄청난 수익을 안겨줄 무기였다.

그 누구도 갖지 못한 무기이기도 했다.

\*　　　\*　　　\*

정치권은 경제 위기보다는 다가오는 대선에 더 치중하는 모습이었다.

"이러다가는 정권 재창출은 물 건너갈 수 있습니다. 정부의 연이은 실책과 한보 부정대출 사건으로 여론이 좋지 않습니다. 여기다가 경제까지 살얼음판이다 보니 우호적이었던 30~40대도 등을 돌리고 있습니다."

정민당의 한종태 대표의 최측근 중의 하나인 최성규 의원의 말이었다.

한종태의 왼팔로 불리는 최성규는 3선 의원이었다.

"최 의원의 말이 맞습니다. 김영삼 정부와는 이제 거리를 두어야 합니다. 대통령과 관련된 인물들이 줄줄이 엮이는 마당에 지지율만 떨어지고 있습니다."

반대편에 앉아 있던 15대 대선전략기획팀을 이끌고 있는 선인제 의원이 거들었다.

"그럼, 새롭게 창당을 하잔 말입니까?"

한종태 대표는 고민스러운 표정으로 말했다.

두 사람의 말처럼 한보그룹에 대한 엄청난 부당대출과 연관된 권력형 비리와 정경유착으로 여러 정치인들과 경제인들이 구속당하고 청문회가 열리는 상황 때문에 김영삼 정부는 지지율이 곤두박질쳤다.

여기에 경제 위기까지 더해지자 현 정부의 지지율이 한 자리 숫자로 떨어지려는 상황이었다.

"침몰하는 배에서는 얻을 것이 없습니다. 다들 살자고 배를 버리려고 하는 상황입니다. 결단을 내릴 때가 된 것 같습니다."

미르재단의 황만수도 새로운 신당 창당을 권했다.

지금 이대로 정민당을 내세워 대선에 출마해서 이길 수 있는 상황이 아니었다.

여기에 정권 말 소통령이라 불렸던 김영삼 대통령의 둘째 아들이 국정에 전방위적으로 개입했다는 언론의 보도와 함께 부정부패 혐의로 구속되면서 김 대통령은 극심한 레임덕에 빠져 국정을 이끌 동력을 상실했다.

"음, 현재 지지율은 어떻습니까?"

"30% 선에서 오르락내리락합니다. 몇 달 전까지 40%가 넘어섰던 것에 비하면 10%를 잃어버린 것입니다."

선인제 의원이 심각한 표정으로 말했다. 그의 말처럼 몇 달 전까지는 정권 재창출을 낙관적으로 보고 있었다.

하지만 지금은 한종태 대표가 유리한 상황으로 흘러가지 않았다.

"야당의 공세가 지속되고 있는 상황에서 우리가 방패막이가 될 필요는 없습니다. 정민당호는 결국 침몰할 것입니다."

"알겠습니다. 정의상 사무총장과 이야기를 나눈 후에 결정하겠습니다. 그쪽이 함께해 주어야 힘을 실을 수 있으니까요."

정의상 사무총장은 정민당 내에서 최대 파벌을 형성하고 있었다.

정의상이 함께하지 않으면 창당은 사실 무의미했다.


\*　　　\*　　　\*


한국의 재벌들과 기업들이 하나둘 쓰러져 가는 상황에서도 닉스홀딩스의 계열사들은 날개를 단 것처럼 훨훨 날아가고 있었다.

닉스와 블루오션, 블루오션반도체, 도시락, 닉스코어, 닉스E&C, 닉스제약은 올해 최대 매출과 영업이익을 올리고 있었다.

"계획했던 대로 신규 PCS폰인 레이스 X2와 오로라를 10월 말에 출시할 것입니다. 현재 LG텔레콤과 한국통신프리텔에 먼저 공급하기로 했습니다."

레이싱X1은 이미 핸드폰으로 출시돼 SK텔레콤에 납품되어 선풍적인 인기를 끌고 있었다.

날렵한 스포츠카를 연상시키는 디자인과 코발트 색상을 처음 도입한 것이 젊은 층에 폭발적인 인기를 얻었다.

일본으로 수출된 블랙폰 K1과 레이싱 X1은 소프트뱅크

모바일의 주력 기종으로 선정되어 상당한 인기를 얻고 있었다.

레이스 X2는 더욱 날렵해진 디자인에 로얄 블루와 화이트 실버, 미드나잇 블랙, 바이올렛 핑크 등 색상을 다양화했다.

오로라는 타사의 PCS폰보다 크기를 더욱 작게 만들어 소형화했다. 아담한 사이즈와 단순한 기능을 선보여 가격을 낮춘 것이 장점이었다.

"디자인과 색상이 나쁘지 않네요. 점점 발전하는 모습이 좋아 보입니다."

이미 미래에 만들어질 핸드폰과 스마트폰을 다 사용해 본 나였기에 개발 초기부터 많은 조언을 해주었다.

아직까지 내 눈에는 부족해 보였지만 지금의 기술로는 최상의 제품이었다.

"감사합니다. 신제품 역시 러시아의 소빈페르콤과 일본의 소프트뱅크 모바일에서 25만 대 선주문이 들어왔습니다."

설명하는 블루오션의 최우식 총괄이사가 내 말에 고개를 숙이며 말했다.

"공급량에는 문제가 없겠습니까?"

맞은편에 앉은 김동철 기술이사에게 물었다.

"예, 현재 주문량은 감당할 수 있습니다. 하지만 주문량이 늘어나면 지금의 생산 체계로는 감당하기가 어려울 수도 있습니다. 저희 쪽의 문제라기보다는 부품을 공급하는 하청 업체들의 기술적인 문제로 빠른 생산이 어렵습니다."

블루오션과 거래하는 업체 수가 백여 개가 넘었다.

김동철 기술이사의 말처럼 블루오션에서 요구하는 부분이 까다롭고, 앞선 기술이라 시간이 걸리는 부분이 적지 않았다.

"음, 그런 문제가 있군요. 거래 업체에 기술 협력은 충분히 해주고 있습니까?"

"예, 신규 제품 개발 때부터 주요 부품 업체들과 함께 진행하고 있습니다. 저희가 개발한 기술도 로열티 없이 거래 업체에 전수하고 있습니다."

블루오션의 이러한 방침은 처음부터 내가 지시한 상황이었다.

현금 결제와 기술 이전이라는 혜택 때문이라도 블루오션과 거래하는 협력 업체 모두가 블루오션를 적극적으로 도왔다.

이러한 상생 관계는 어느 기업에서도 볼 수 없었고, 이에 지금 한국에 불어닥친 기업 부도와 감원이라는 경제 여건

에서도 블루오션의 협력 업체들은 큰 어려움 없이 동반 성
장을 하고 있었다.

"잘하고 계십니다. 이제부터는 기술 지원만 하지 말고 협
력 업체의 생산 체계를 바꿀 수 있게끔 자금 지원도 검토하
십시오."

블루오션은 처음부터 큰 회사가 아니었기 때문에 협력
업체에 대해 자금 지원을 할 수 없었다.

하지만 이제는 충분한 현금을 확보하고 있었다.

"예, 곧바로 진행할 수 있게끔 하겠습니다."

부품 공급이 원활해야 블루오션에서 생산된 휴대폰이 제
때 시장에 공급될 수 있었다.

예상보다 빠른 PCS폰의 상용화와 생산으로 인해 시장을
선점한 시티폰과의 대결이 본격적으로 시작되었다.

*     *     *

10월 1일 2개월간의 시험 서비스를 마치고 전국 PCS 상
용 서비스가 시작되었다.

식별 번호는 016의 한국통신프리텔(KTF)과 018의 한솔
PCS, 그리고 019의 LG텔레콤이다.

PCS의 등장으로 국내 이동전화시장은 PCS 3사와 셀룰러

폰 사업자인 011의 SK텔레콤과 017의 신세기통신 등 5개 사업자가 사활을 걸고 경쟁을 벌이게 되었다.

PCS와 셀룰러로 구별해서 부르게 된 것은 사용하는 주파수대역이 다르기 때문이었다.

미래에는 2.1 GHz로 동일한 주파수대역을 사용하고 있어 주파수로 인한 차이는 사라진다.

시티폰 사업자들은 예상했던 것보다 빠르게 PCS폰이 등장하자 당황하는 모습이었다.

빨라야 내년 상반기를 예상했지만, 그보다 상용화 서비스가 빨랐다.

더구나 시장에 출시된 PCS폰의 성능과 디자인이 시티폰을 압도했다.

그중에서도 블루오션에서 제작된 PCS폰은 누가 보더라도 탐나는 디자인과 뛰어난 성능을 자랑했다.

마치 지금 세대에서 사용하는 PCS폰이 아니라 미래에서 온 것처럼 보이기까지 했다.

그만큼 디자인과 색상이 뛰어났다.


"이거 자칫하다가는 몇 년간 공들인 것이 도로 아미타불 되는 것 아냐?"

필립스코리아의 연구소에 속한 직원이 블루오션의 PCS

폰을 살피며 말했다.

"그렇게 말이야. 어떻게 이렇게 만들 수 있는 거지? 이전에 나왔던 레이싱 X1도 디자인이 뛰어나지만, 이번 것은 더 좋아 보여."

필립스코리아가 판매 중인 시티폰과 비교해도 확연히 달랐다.

시티폰은 시장 초기 10일 만에 14만 명이 가입하여 성공적인 시장 진입을 이루었다.

그 결과 애초 올해 목표인 60만 명에서 1백만 명을 돌파할 것으로 전문가들은 예상하였다.

하지만 지금 그러한 예상이 깨질 수도 있는 상황이 발생한 것이다.

"후! 새로 출시할 씨씨폰과 디자인이 달라도 너무 달라."

시티폰 시장에서 두각을 나타내고 있는 필립스코리아는 무게와 크기를 줄인 신제품인 씨씨폰을 출시해 시장을 더욱 장악하려고 했다.

하지만 씨씨폰은 기존의 디자인에서 큰 변화 없이 단순히 크기와 무게만을 줄인 제품이었다.

그래도 기존 시티폰의 평균 무게인 140g을 절반에 가까운 75g으로 줄인 것은 기술력이 없이는 할 수 없는 노릇이었다.

필립스코리아의 개발진은 새로운 초소형 시티폰인 씨씨폰이 충분히 시장에 통할 것으로 생각했다.

"후! 문제는 이미 시장에 블루오션의 제품들이 우리보다 먼저 풀렸다는 거야."

이리저리 블루오션의 레이스 X2, 오로라의 디자인과 성능을 살피는 씨씨폰 개발진들의 표정이 어두웠다.

씨씨폰은 이번 주에 본격적으로 시장에 선보일 예정이었다.

하지만 전혀 예상치도 못하게 블루오션의 PCS폰들이 일주일 먼저 시장에 출시되었다.

더구나 블루오션만이 아니라 삼성전자와 LG전자, 그리고 현대전자에서도 PCS폰을 줄줄이 선보이고 있었다.

"솔직히 이 제품은 너무 잘 만들었습니다. 성능이나 기술적인 부분에서도 전혀 문제가 없었습니다."

3일간 레이스 X2를 장난감처럼 사용하고 분해까지 해본 안진혁 대리의 말이었다.

"후! 정말 미치겠다. 지금 씨씨폰이 시장에 나간다 해도 관심을 빼앗아 올 수 있을지가 의문이야."

자신감이 넘쳤던 씨씨폰 개발진들의 표정에는 근심이 가득했다.

당장 내일모레 대산그룹 본사에서 씨씨폰에 대한 발표와

판매 전략을 보고해야만 했다.

승승장구하던 필립스코리아의 시티폰 사업부에 먹구름이 몰려오고 있었다.


*　　　*　　　*


블루오션은 닉스전자가 운영하는 컴퓨터 대리점과 새롭게 명동에 인수한 명일빌딩에 블루오션 판매점을 개설했다.

김대철 사장에게서 인수한 명일빌딩에는 인테리어를 거쳐 닉스의 제품들과 닉스가 인수한 명품 브랜드의 제품들을 입점했다.

새로운 전문 패션몰로 탄생한 13층 높이의 명일빌딩의 새로운 이름은 닉스몰이었다.

닉스몰에는 닉스커피와 함께 영화관을 개관했다.

젊은 층을 끌어들이려는 방편으로 12층과 13층을 영화관으로 만든 것이다.

명동에는 코리아 극장 외에는 영화관이 없었다.

명동 전체를 둘러볼 수 있는 위치에 영화관이 개관하자 닉스몰에는 젊은 층이 몰려들었다.

쇼핑과 영화 관람을 동시에 할 수 있는 장소를 처음 만든 것이다.

이곳에 블루오션의 제품을 판매하는 블루오션스토어를 만든 것은 전략적인 홍보 차원에서였다.

직접 눈으로 보고 시현까지 할 수 있게 만들어진 블루오션스토어에는 향후 블루오션에서 생산될 시제품까지 전시해 놓았다.

"와! 이것 봐. 글씨체가 컬러야."

아직은 핸드폰이나 PCS폰 모두 흑백 LCD를 사용했다. 블루오션의 차기 핸드폰에 적용된 컬러 LCD에 나오는 글씨체를 본 대학생이 신기한 듯 말했다.

"화면에 이렇게만 나와도 정말 예쁜데."

16컬러를 표현하는 LCD에서 구현된 하트 모양의 캐릭터를 본 여학생도 신기하다는 듯이 핸드폰 액정을 바라보았다.

블루오션스토어는 자연스럽게 블루오션이 가진 기술력과 제품의 우수성을 고객들에게 전달하고 있었다.

"이게 이번에 나온 레이스 X2죠?"

새로 나온 신제품인 레이스 X2와 오로라에 대해 특별한 광고를 하지 않았다.

하지만 소비자들은 이미 레이스 X2와 오로라의 출시 날짜를 알고 있었다.

"예, 고객님. 지금 재고가 딱 일곱 대밖에 없습니다."

진열대 아래에 놓인 레이스 X2를 가리킨 사내의 말에 직원이 친절하게 응대했다.

"얼마죠?"

"가격은 59만 5천 원입니다. KTF는 8만 원을 지원하고, LG텔레콤은 8만 5천 원을 PCS 서비스 사업자 부담 비용으로 뺄 수 있습니다."

PCS 서비스 사업자 부담 비용은 한마디로 오늘날의 지원금이었다.

PCS 서비스가 본격적으로 시작되자 가입자 확보를 위해서 각 회사들이 치열한 경쟁을 벌이고 있었다.

레이스 X2는 경쟁사보다 비싼 59만 5천 원이라는 고가에 판매되고 있었지만, 시장에 풀리자마자 빠르게 재고가 소진되고 있었다.

"LG텔레콤으로 할게요. 빨리 주세요."

30대로 보이는 사내는 직원의 설명이 끝나자마자 서둘러 구매 의사를 밝혔다.

고객들을 응대하는 아홉 명의 직원들과 상담 중인 사람들이 구매를 먼저 할 수 있었기 때문이다.

"알겠습니다. 여기 서류를 작성해 주십시오."

직원이 서류를 내미는 동시에 뒤편에 놓인 레이스 X2를 테이블에 올려놓자 사내는 안심하는 표정이었다.

그리고 3분 뒤에 레이스 X2는 모두 팔리고 말았다.

레이스 X2를 구매하지 못한 사람들은 10만 원이 저렴한 오로라를 선택하기도 했지만, 레이스 X2의 재입고 문의를 묻는 데 여념이 없었다.

*    *    *

블루오션스토어에 입고된 2천5백 대의 레이스 X2가 단 5일 만에 모두 팔려 나갔다. 3천 대의 오로라 또한 일주일 만에 모두 동났다.

서울에 중심지에 자리 잡은 닉스전자 대리점에서도 동일한 일이 벌어졌다.

초기 가입 비용과 단말기 가격이 40만 원대인 경쟁사의 PCS폰보다 비싼 가격에도 불구하고 초기 물량 5만 대가 일주일 만에 팔려 나가자 핸드폰을 생산하는 명성전자는 더욱 바빠졌다.

블루오션의 PCS폰으로 인해 한국통신프리텔과 LG텔레콤의 가입자가 한솔PCS보다 많아지자 두 회사는 레이스 X2와 오로라를 빨리 보내달라고 독촉하고 있었다.

"러시아로 보낼 수출 물량 2만 대를 우선 돌리지요. 러시아는 아직 시간이 있으니까요."

PCS폰 생산을 책임지고 있는 명성전자 이진우 부장의 말이었다.

"음, 그게 좋겠네요. 5만 대면 일주일의 시간을 벌겠네요."

영업팀의 김영진 부장이 수량을 체크하며 말했다.

고가의 가격으로 인해 사실 이렇게나 빨리 팔려 나가라고는 생각지 못했다.

지금까지 레이스 X2와 오로라는 30만 대가 생산되었고, 이들 물량 중 절반이 수출 물량이었다.

"셀룰러폰 사업부도 난리가 났던데요."

"PCS폰이 나오니까 SK텔레콤에서 레이싱 X1를 더 많이 공급해 달라는 요청이 들어왔다고 하더군요."

셀룰러폰으로 나온 레이싱 X1으로 인해서 SK텔레콤은 경쟁 업체인 신세기통신보다 더 많은 가입자를 끌어들였다.

PCS폰이 본격적으로 출시되자 가입자를 끌어들일 수 있는 강력한 무기를 갖추기 위해서라도 레이싱 X1이 필요했다.

더구나 PCS폰의 통화료는 회사별로 10초당 18~21원 수준으로 셀룰러폰에 비해 20% 정도 저렴했다.

레이싱 X1도 3가지 색상을 더 추가하고 기능을 업그레이드한 레이싱 X1 플러스를 이달 중순에 출시할 예정이다.

"신세기통신에서 레이싱 X1 플러스를 달라고 사정하다시피 한다면서요?"

블루오션 연구소의 PCS 담당 최용성 팀장이 김영진 부장에게 물었다.

블루오션은 오로지 연구 개발에만 집중했고 제조와 판매 모두 명성전자에서 처리했다.

"예, 레이싱 X1의 파급력이 이 정도일 줄은 몰랐으니까요. 신세기통신 담당자가 매일 출근하다시피 회사를 방문해서 애걸복걸하고 있습니다."

"SK하고는 레이싱 X1만 계약되지 않았습니까?"

"예, 새로 출시되는 레이싱 X1 플러스는 들어 있지 않았습니다. 한데 SK에서도 난리가 아닙니다. 플러스를 신세기통신에 넘기면 신규 가입자를 상당수 빼앗길 수 있으니까요."

SK텔레콤도 레이싱 X1플러스를 공급해 주길 강력히 요청했다.

시장의 선도 업체로서 신세기통신의 반격을 절대로 허용하고 싶어 하지 않았다.

"하여간 제품이 뛰어난 덕분에 서로들 달라고 하니까 일하기는 수월합니다."

제품의 판로는 문제가 없었다.

더구나 이동통신 서비스 업체들이 갑이 아니라 지금 상황에서는 핸드폰 공급 업체인 블루오션이 갑의 위치에 있었다.

"이게 모두 회장님의 뛰어난 안목과 디자인적 감각 덕분입니다. 개발과 디자인에 알게 모르게 참여하셨으니까요. 그리고 기술적인 부분에서도 놀라울 정도로 전문 지식을 갖추고 계셨습니다."

최용성 팀장은 레이스 X2를 개발할 때의 모습을 떠올리며 말했다.

강태수 회장은 시간이 날 때마다 블루오션을 찾아 개발진은 물론 디자이너들과도 격의 없는 토론과 개발 방향을 제시했다.

지금까지 전화기와 무선호출기, 그리고 핸드폰에 이르는 모든 분야에서 강태수 회장의 말이 옳았다는 것이 입증되고 있었다.

"저도 몇 번 뵙지는 못했지만, 선견지명이 대단하시다는 것을 느꼈습니다. 시장을 내다보시는 눈이 너무나 정확해서 소름이 끼칠 정도였습니다. 정말이지 점쟁이가 아닌가 하는 생각마저 들었으니까요."

명성전자의 김영진 부장이 최용성 팀장의 말에 고개를 끄덕이며 말했다.

강태수 회장은 이동통신시장의 방향성을 정확히 내다보고 예측했다.

시티폰의 사업 시기가 늦어질 것이라는 예측과 함께 PCS 상용 서비스가 올해 말 시작될 수 있다는 것을 이미 작년 초에 이야기했었다.

"보통 분이 아니라는 것은 알고 있었지만 겪으면 겪을수록 신비하기까지 한 분입니다."

"그러니까 젊은 나이에 닉스홀딩스를 이끌 수 있는 것이겠지요. 재벌이 무너지는 요즘 같은 때에 제가 이곳에 다니고 있다는 것이 정말 행복하다는 것을 느꼈습니다."

경기 불황이 장기화하면서 법정관리 신청과 함께 부도와 실직자 수가 사상 최대를 기록하고 있었다.

법정관리 신청은 작년과 비교해 2배로 늘어났고, 9월 말까지 부도 업체가 전국적으로 1만 개를 넘어서고 있었다.

"하하! 저도 블루오션에 다니고 있다는 것에 자부심을 느끼고 있습니다. 국내 어느 기업도 이러한 복지와 급여 혜택을 주고 있지 않으니까요. 회사가 튼튼하다는 것이 이렇게나 든든한 것인 줄 몰랐습니다."

회의에 참석한 직원들 모두가 느끼는 감정이었다.

한국의 있는 모든 기업들이 흔들리고 있는 지금, 닉스홀
딩스 계열사들은 딴 나라의 일인 양 치부하고 있었다.

Chapter 14

　동남아시아발 외환 위기가 경제적인 어려움을 겪고 있는
필리핀을 비껴갔다.

　환투기 세력들에게 필리핀의 페소화도 공격을 당했지만,
동남아시아 국가들과 달리 필리핀은 큰 위기에 내몰리지
않았다.

　필리핀은 이미 수십 년간 IMF의 관리하에 있었고, 올해
7월 23일 IMF 관리체제로부터 졸업하기로 예정되어 있었
다.

　그러나 태국에서 시작된 금융위기의 태풍이 몰아치자 필

리핀은 예정된 IMF 졸업을 연기하면서 IMF 보호막을 이용하는 전략을 펼쳤다.

6개월이 연기된 후, 12월에 IMF 관리체제에서 벗어난 필리핀은 아시아 위기가 진행되는 와중에서도 6.3%라는 높은 성장률을 달성했다.

이는 작년 5.7%보다 높은 성장률이었다.

태국과 인도네시아, 말레이시아를 썰물처럼 빠져나갔던 외국인 투자자들은 필리핀에서는 철수하지 않았다.

오히려 인텔은 반도체 생산 라인를 증설했고, 대만의 에이서에서는 컴퓨터 생산 설비를 건설하는 투자를 진행했다.

태국 방콕과 인도네시아의 자카르타에선 건설하다가 만 건물이 을씨년스럽게 서 있는데도 마닐라에선 건설 공사가 여전히 진행되었고, 호텔의 예약률도 90%를 넘어섰다.

이러한 결과는 태국과 인도네시아, 그리고 말레이시아가 백여 층의 고층 빌딩을 짓고, 국민차 생산 계획을 수립하고, 항공기 제작 산업에 손을 댈 때 필리핀은 허황한 꿈을 포기하면서 구조조정과 내핍 생활에 들어갔기 때문이다. 결과적으로 필리핀의 경제적 어려움이 오히려 새옹지마(塞翁之馬)가 된 것이다.

동남아시아를 한바탕 휘저은 환투기 세력은 다음 정복지로 삼은 홍콩과의 일전에 돌입하기 위한 작업이 한창이었다.

*　　　*　　　*

시티폰 사업에 대한 기대가 무너지고 있었다.

발신전용휴대전화(CT-2) 서비스가 기존 이동전화와 PCS폰에 밀려 천덕꾸러기로 전락해 갔다.

그러자 시티폰 사업자들은 수익성이 급격히 악화되고 적자의 늪에 빠져 허덕였다.

개인휴대통신인 PCS 신규 휴대전화 서비스가 전국적으로 시행되자 시티폰은 더욱 힘들어지고 있었다.

시티폰 사업은 4월까지만 해도 12월이 되기 전에 백만 가입자를 예상하는 등의 장밋빛 기사들이 넘쳐났고, 하루에 가입자가 5천 명씩 늘어났었다.

하지만 지금 한국통신을 비롯한 나래와 서울이동통신 등 전국 11개 시티폰 사업들이 9월까지 투입한 시설투자비는 2,400억 원이 넘어서고 있지만, 수입은 4백억 원에 불과했다.

투자 대비 수입이 5분의 1에도 미치지 못하고 있었다.

더구나 지금까지 모든 비용을 합하면 시티폰 사업에는 8천억 원이라는 막대한 자금이 들어갔다.

"PCS 상용화로 인해 예상 가입자 수가 급감한 것이 문제입니다. 그리고 기지국 설치에 따르는 부대 비용 상승이 시설투자비를 늘어나게 한 원인입니다."

이대수 회장에게 보고하는 필립스코리아 박경수 사장의 표정이 굳어 있었다.

"부대 비용 상승의 정확한 원인이 뭐냐?"

보고를 받는 이대수 회장은 불편한 심기를 고스란히 드러냈다.

"예, 시티폰은 출력이 10㎽에 불과한 소출력 무선 서비스입니다. 그 때문에 통화 반경이 백여 미터에 불과해 기지국이 많이 필요합니다. 문제는 여기에 들어가는 비용과 정부 규제가 지나치게 많아서……."

박경수 사장은 말을 끝까지 할 수가 없었다.

"그걸 지금 말이라고 하는 거야? 사업 초기에 모든 상황을 검토하고 문제점을 보완했어야지!"

이대수 회장의 목소리가 커졌다.

경영 상태가 가뜩이나 어려워진 상황에 필립스코리아와 상당한 투자가 진행된 나래이동통신에서 예상치 못한 대규모 적자가 발생한 것이다.

"죄송합니다. 정보통신부에 다른 시티폰 사업자들과 함께 지금보다 출력을 50~100㎽로 높여달라고 지속적으로 요청했습니다. 올해 말까지는 확실한 결론을 내주겠다고 해서 준비하고 있었습니다."

시티폰이 출력이 낮기 때문에, 서울 지역 동일 면적에 대한 서비스를 위해 시티폰과 PCS폰의 기지국을 설치한다고 가정했을 때 2,450억 원의 비용이 소요된다. 그러나 PCS폰은 650억 원밖에 들어가지 않는다.

더구나 기지국마다 무선국 허가 신청, 무선국 검사, 무선국 변경 검사 신청 등 다양한 규제가 따르고 전파 사용료, 면허세, 도로점용료 등을 납부해야만 했다.

사실 이러한 문제점을 시티폰 개발진에서 보고서로 올렸지만, 박경수 사장은 큰 관심을 두지 않았다.

"제가 알아본 바로는 시티폰의 기능 개선이 이루어지기 위해서는 주파수 변경과 전파 간섭 현상 문제, 그리고 규격 등의 다양한 분야에서 많은 검토가 필요한 것으로 알고 있습니다. 그리고 더욱 중요한 점은 출력이 향상되더라도 도심 지역에서는 별다른 효과가 없다고 전문가들이 말하던데, 이 점에 대해서는 어떻게 생각하십니까?"

이대수 회장 앞에 앉은 정용수 비서실장이 날카롭게 질문했다.

빌딩과 건물들이 많은 도심지에서 발생할 수 있는 주파수 회절과 전파 간섭이 문제였다.

이러한 점을 개선하기 위해서는 더 많은 중계기를 설치해야만 했다.

그러나 시티폰의 가장 큰 단점인 중계기로부터 대략 100미터를 벗어나면 통화가 이루어지지 않는 점과 이동 중 중계기의 범위를 벗어났을 때 다른 중계기로 이용자를 연결하지 못하는 것이 소비자들의 이탈을 불러왔다.

"정보통신부가 협조해 주면 충분히 문제점을 개선할 수 있습니다. 기술적인 부분에서 많은 개선이 이루어지고 있고, PCS처럼 수신 기능을 넣기 위한 작업도 진행하고 있습니다."

정용수 비서실장의 질문에 더욱 굳어진 박경수 사장은 어렵게 대답을 이어갔다.

"지금 당장 가능한 일이야?"

이대수 회장의 박경수 사장의 말이 끝나자마자 물었다.

"아직은 가능하지 않지만, 조만간 진행될 예정입니다."

"그래, 좋아. 기술적인 상황이 해결되면 지금의 적자가 흑자로 바뀔 수 있나?"

"당장 흑자로 바뀔 수는 없겠지만, 점진적으로 상황이 나아질 것입니다."

탕!

"지금까지 들어간 투자자금이 2천억이 넘었어! 앞으로 들어가야 할 투자금도 3백억이 더 잡혀 있고. 그런데 점진적으로 좋아진다고!"

이마의 주름이 깊이 팬 이대수 회장은 박경수 사장의 말이 끝나자마자 회의 탁자를 손으로 내려쳤다.

"9월 말까지 나래이동통신의 적자가 392억 원이야! 올해 말까지 적자 예상치가 얼마냐?"

이대수 회장은 옆에 앉은 정용수 비서실장에게 물었다.

"530억 원을 넘어설 것 같습니다."

"530억도 보수적으로 잡은 금액이야! 씨씨폰은 얼마나 팔렸어?"

목소리가 커진 이대수 회장의 물음에 박경수 사장의 목덜미에서 식은땀이 흘러내렸다.

"예, 씨씨폰의 판매는… 1만 3천 대가 팔려 나갔습니다."

자신의 앞에 놓인 서류를 뒤적거리는 박경수는 당황한 듯 말이 바로 나오지 못했다.

"얼마나 제작했어?"

"1차분으로 15만 대를 제작했습니다. 앞으로 다양한 이벤트를 펼쳐 나머지……."

"당장 집어치워!"

박경수 사장은 말을 끝까지 할 수 없었다.

이대수 회장이 회의실이 떠나갈 정도로 소리를 질렀기 때문이다.

이대수 회장은 지금껏 회의 중에 말을 끊은 적이 없었다.

"모든 것이 엉망이야! 초기 예상 투자금과 가입자 유치 부분까지 맞는 것이 하나도 없어. 여기 적힌 대로라면 가입자의 평균 통화료가 2만 8천 원이 나와야 하잖아. 그런데 얼마냐?"

이대수 회장이 노려보듯이 박경수 사장에게 물었다.

이마와 목덜미에서 비 오듯 땀이 쏟아지는 박경수 대표는 보고 서류에 적힌 금액을 애처로울 정도의 목소리로 말했다.

"11,257원입니다."

시티폰 가입자들의 통화량이 예상했던 것보다 적어 매출이 목표치에 훨씬 미치지 않고 있었다.

하루 평균 통화 횟수는 2.3회로 애초 예상치 6.2회의 37%에 불과했고, 1회 통화 시간 또한 73.5초로 예상치 87.7초의 84%에 지나지 않았다.

더구나 PCS 상용서비스가 시작된 이후부터 가입자 증가율이 둔화되고 해지율은 계속해서 높아져 4%를 넘어서고 있었다.

시티폰은 공중전화보다 싼 통화 가격을 내세웠지만, 소비자들에게 큰 호응을 받지 못했다.

"이런데도 기술적인 부분만 문제 삼고 있는 거야? 근본적인 것이 잘못되었잖아. 소비자가 무엇을 원하는지 시장조사를 제대로 한 거야? 그리고 단말기를 공짜로 주는 것은 누구 머리에서 나온 거야? 이 단말기에 얼마나 들어갔는데 공짜로 풀어!"

PCS폰과의 싸움에서 살아남기 위해 시티폰 사업자들은 백화점과 함께 단말기를 공짜로 주는 행사를 벌였다.

일정 금액 이상의 물건을 사면 시티폰 단말기를 공짜로 주는 것이었다.

"그건 구형 단말기를 소진하고 신규 가입자를 유치하기 위해서 진행한 행사입니다."

"그래서 가입자가 얼마나 늘었는데?"

박경수 사장의 말에 곧바로 이대수 회장의 질문이 이어졌다.

"가입자가 그러니까……."

박경수는 가입자 숫자를 알지 못했다.

나래이동통신과 필립스코리아가 함께 진행했던 행사였

지만 생각만큼 시티폰 가입자의 숫자는 늘어나지 않았다.

"후! 정말. 내 눈이 어느 순간 썩은 동태눈이 되었어. 이런 사업에 희망을 걸고 있었다니……."

큰 한숨과 함께 한탄스러운 말을 내뱉는 이대수 회장의 얼굴에는 후회가 가득했다.

이대수 회장의 말에 필립스코리아와 시티폰 사업의 관계자들은 꿀 먹은 벙어리가 되어 어찌할 바를 몰랐다.


*        *        *


명성전자에 켜진 불은 밤 9시가 넘어서도 꺼지지 않았다.

제1공장은 물론이고, 제2공장과 블루오션에서 넘겨받은 제3공장도 쏟아져 들어오는 셀룰러폰과 PCS폰 주문량을 소화하기 위해서 일주일 전부터 야간 작업에 들어갔다.

주문량이 가장 많은 제품들은 PCS폰 전용인 레이스 X2와 오로라, 그리고 셀룰러폰의 새로운 제품인 레이싱 X1플러스였다.

신규 제품들과 연관된 명성전자의 협력 업체들도 바쁘기는 매한가지였다.

명성전자에 부품을 공급하기 위해서 관련 공장들이 힘차게 돌아갔다.

"하루 최대 생산량이 750대입니다. 자동화가 많이 이루어졌다고는 하지만 까다로운 공정과 제품 테스트는 아직 사람의 손을 거쳐야만 합니다. 그리고 문제는 새로운 커버의 색상을 내는 작업이 무척 까다롭고 손이 많이 가는 작업이라 생각만큼 빨리 공급하지 못하고 있습니다."

명성전자의 이철용 대표의 말이었다.

핸드폰의 커버를 제작하는 회사를 작년 초 새롭게 설립했다.

핸드폰 커버를 공급하는 기존 협력 업체에서는 블루오션이 요구하는 조건을 만들어내지 못했다.

새로운 명성테크에서는 무선호출기를 비롯한 핸드폰의 커버와 보호케이스 등의 핸드폰 액세서리를 제작 공급했다.

"충분히 예상했던 것입니다. 아직 기술적인 부분이 부족해서 대량 생산의 어려움이 있을 것입니다."

스마트폰이 나왔던 시대의 색상과 품질을 요구하는 것이 당연히 무리한 것일 수도 있었다.

레이스 X2의 커버 재질과 다양한 색상은 연구진과 관련 종사자들이 수백 번의 실패 과정을 거치면서 간신히 만들어낸 결과였다.

스마트폰 시대와 비슷하게 보인다는 것만으로 시장에서는 난리가 난 것이다.

"회장님께서 이해해 주시니 일하기가 무척 수월합니다. 빠른 시일 내에 생산량을 높이는 방안을 마련하겠습니다."

"예, 꼭 그러셔야 합니다. 우리가 먼저 시장을 선점했다고는 하지만 경쟁 업체들에서도 언제 우리와 같은 제품을 생산할지 모릅니다. 소비자들이 큰 호응을 해주는 지금 제품을 제때 공급해야만 합니다."

PCS 상용화로 핸드폰 시장은 앞으로 폭발적으로 성장해 나갈 것이다.

최고의 제품을 만드는 회사로 각인되어 가고 있는 지금 소비자들에게 블루오션의 핸드폰을 더 많이 공급할 때였다.

사람들은 손에 익숙해진 기능과 조작 방식의 제품을 쉽게 바꾸지 않기 때문이다.


\*        \*        \*


태국, 말레이시아, 필리핀, 인도네시아 등 4개국의 통화

가치가 작년 말과 비교하면 평균 30% 정도 하락했고, 주가는 외국인 투자자금의 유출 등으로 40% 가까이 폭락했다.

동북아 지역으로 올라온 위기는 건실한 기초 경제 여건을 가진 대만을 거쳐 홍콩을 흔들고 있었다.

홍콩 달러는 일본의 엔화와 함께 아시아 지역 환율을 안정시키는 버팀목 구실을 하고 있다.

홍콩 달러가 흔들리면 곧바로 중국의 위안화가 요동치고, 위안화의 가치가 폭락하면 아시아 전체 외환 시장은 걷잡을 수 없는 나락으로 떨어질 수 있었다.

소빈뱅크 서울 국제금융센터에는 소빈뱅크를 움직이는 주요 인사들이 한자리에 모였다.

"헤지펀드들은 중국이 홍콩 달러 방어에 개입하지 않을 것이라고 확신하고 있습니다."

도쿄 지점의 데이비드 최가 입을 열었다.

올해 7월 1일 홍콩 주권을 이양받은 중국은 홍콩 금융시장에 대한 독자성을 기회가 있을 때마다 대내외에 천명해 왔다.

"중국의 외환 보유고가 얼마나 되지?"

"현재 1,300억 달러를 보유하고 있습니다."

내 질문에 소빈뱅크 상하이 지점 소로킨이 답했다.

중국은 현재 세계 2위의 외환 보유고를 자랑하고 있었다.

"홍콩의 위기가 중국으로 이어질 가능성은 없나?"

"예, 중국은 풍부한 외환 보유고와 함께 중국이 가진 1,190억 달러의 외채 대부분이 중장기 외채이기 때문에 큰 문제는 없을 것으로 보입니다. 더욱이 중국 내에는 동남아시아의 위기를 불러온 개방된 외환거래제도가 존재하지 않습니다. 하지만 동남아시아와 한국의 외환 위기로 인한 중국의 경제 침체는 내년까지 이어질 것입니다."

내 질문에 앞쪽에 앉은 뉴욕 지점의 존 스콜로프 지점장이 답했다.

중국의 1,190억 달러의 외채 중 85%가 중장기외채였다.

더구나 중국의 금융제도는 폐쇄적이었고 개방되지 않았다.

"헤지펀드가 홍콩을 선택한 또 하나의 이유는 홍콩의 부동산이 1991년부터 97년까지 무려 4배나 치솟았기 때문입니다. 더욱이 중국 자금 유입으로 인해 1995년부터 올해 8월까지 항생 지수는 1.4배 상승하며 부동산과 증권시장에서 모두 큰 거품을 형성하고 있습니다. 이와 함께 아시아 금융위기로 홍콩 달러는 절하압박을 받고 있습니다. 환율 상승은 부동산 시장을 흔들리게 하는… 거기에 홍콩 당국이 주식시장을 보호하기 위해 고정(페그)환율제를 철폐하고 평가절하를 단행할 것으로…….”

홍콩 정부는 미국 달러에 대해 7.75 홍콩 달러로 고정하는 페그 시스템으로 환율을 안정시키고 있다.

환율이 안정되어야만 국제 자본이 자유롭게 홍콩을 들락날락할 수 있기 때문에 홍콩 금융당국은 중국으로의 반환 협정이 이루어진 1983년 10월부터 이 제도를 지켜오고 있었다.

문제는 아시아 금융위기와 함께 홍콩의 물가상승률이 미국의 물가상승률을 크게 웃돌았음에도 불구하고 고정환율제도를 계속 유지함으로써 홍콩 달러가 고평가되는 결과를 초래했다.

이로 인해 홍콩 달러가 큰 절하 압박을 받고 있었지만, 달러로 고정되어 있어 절하가 이루어지지 않았다.

이 점을 간과한 헤지펀드들은 홍콩이 달러 페그제를 포기할 것으로 판단하고 베팅에 돌입한 것이다.

“홍콩 증시는 중국 국영기업의 상장과 외자를 유치하는 통로입니다. 그렇기 때문에 헤지펀드는 홍콩 당국이 주가 하락을 방관하지 못할 것이라는 전제하에서 움직이고 있습니다.”

홍콩은 독특한 통화체계를 가지고 있었다.

이른바 통화위원회제도(Currency Board)라는 제도로 홍콩 달러 환율을 미국 달러에 법률로 정해놓고, 외환 유입을 금리로 조절했다.

화폐를 중앙은행이 발행하지 않고, 시중은행들이 외환 보유 비율에 따라 발행할 수 있게 되어 있다.

따라서 국제통화인 달러가 홍콩 내에 많이 들어오면 금리가 낮아지고, 시중은행이 그에 상응하는 양의 돈을 찍어낸다.

반대로 달러 유입이 줄어들면 금리가 올라가고, 화폐 발행량도 줄어든다.

"한편으로 소로스의 퀀텀펀드를 선두로 한 헤지펀드들은 페그 시스템이 무너진다는 소문을 언론에 흘리며 홍콩 달러를 흔들고 있습니다. 여기에 언론들은 객관적인 실체와 관계없이 헤지펀드들이 필요로 하는 여론과 소문을 일으키는 데 동참하고 있습니다."

런던에 자리 잡은 유럽 국제금융센터장인 티토바의 말처럼 고도의 심리전이 벌어지고 있는 환율전쟁에서 나쁜 소문은 헤지펀드에 유리한 상황을 일으킨다.

환투기 세력의 의도한 대로 몇 달 전부터 각종 언론 매체와 경제연구소, 그리고 평가 기관들은 홍콩 달러가 평가절하될 것이라는 분석을 쏟아내고 있었다.

"외환과 주식시장, 그리고 은행 이자율 시장 등 세 시장을 넘나들며 홍콩 금융당국을 포위하듯 공격 중입니다. 여러 정황으로 보았을 때 헤지펀드의 초기 공격은 성공적으로 보고 있습니다."

헤지펀드는 이미 선물환시장에서 홍콩 달러를 팔아 미래의 홍콩 달러 가격을 떨어뜨린 다음 홍콩 달러를 대대적으로 매각했다.

그리고 그다음 행동은 며칠 뒤에 갚겠다면서 거액의 미국 달러를 홍콩의 은행에서 빌리는 것이었다.

미국 달러 부족 사태를 불러 홍콩 달러의 평가절하를 부추기기 위해서였다.

이 상황에서 홍콩 정부가 환율을 고수하면 은행 금리가 올라갈 수밖에 없다.

홍콩 금융당국도 단기 금리를 올리며 헤지펀드의 공격을 방어하고 있었다.

금리가 오르면 주가는 떨어지는 것이 공식이다.

환율을 지키기 위한 금리 상승은 주가와 부동산 모두를 하락시킨다.

현금의 이자율이 올라가면 주가 차익에 대한 매력이 줄어들기 때문이다.

헤지펀드 공격에 홍콩 항셍 지수가 충격을 받아 서서히 떨어졌다.

금리가 올라가면 헤지펀드들은 빌린 달러화에 대한 이자를 더 물어야 하기 때문에 손해를 보게 된다.

하지만 헤지펀드는 홍콩 주식을 공매도하고 받은 홍콩 달러를 다시 미국 달러로 바꾸는 거래로 손해를 메꿀 수 있었다.

즉 홍콩 달러가 절하되면 홍콩 달러 매도 포지션(short)에서 돈을 벌고, 만약 홍콩 통화 당국이 금리를 올려 통화를 방어한다면 주가가 망가질 테니 홍콩 주가와 항셍 지수의 숏 포지션에서 돈을 버는 구조다.

"홍콩이 취할 수 있는 방법은?"

"환율을 지키기 위해서는 주식시장과 금리를 포기해야만 합니다. 환율과 주식시장 둘 다를 지킬 수는 없습니다."

소빈뱅크 은행장인 이고르의 말이었다.

"음, 그렇다면 홍콩이 주식과 환율 중 선택을 한다면 어떤 것을 선택할 것 같은가?"

회의실에 모인 인물들 모두에게 던진 질문이었다.

이들의 의견에 따라서 홍콩에서 벌어지고 있는 환율전쟁에 대한 소빈뱅크의 선택이 달라질 수 있었다.

　　　　＊　　　　＊　　　　＊

　생각지도 못한 전화를 받았다.

　정민당의 한종태 당대표에게서였다.

　그는 요즘 한창 신당 창당 준비로 바쁜 모습을 보였다. 한종태의 신당 창당에 정민당에 속한 70%의 국회의원들이 함께하기로 했다.

　나머지 30%는 김영삼 대통령과 함께 정치판에서 동고동락을 해오던 민주당 출신 인사들이었다.

　"그가 나에게 왜 전화를 한 것 같습니까?"

　함께 약속 장소로 이동하는 김동진 비서실장에게 물었다.

　"들려오는 이야기로는 신당 창당 준비와 대선 준비에 자금이 부족하다는 말이 있습니다. 한종태 당대표를 지원하던 기업들이 하나둘 부도가 나거나 경영이 어려워지자 후원금이 상당수 감소한 것 같습니다."

　김동진 비서실장의 말처럼 은행들마저 흔들리자 기업들은 경영 자금을 구하지 못해 더더욱 죽을 맛이었다.

　"음, 나에게 대선 자금을 요청할 수도 있다는 말이군요?"

　"예, 저희를 빼고는 국내 재벌들 모두가 흔들리는 상황에서 대선 자금을 마련하기가 쉽지는 않을 것입니다. 현 정부

의 경제 실책과 무능이 언론에 오르내리는 상황이 되자 한
종태 당대표의 지지율도 21%까지 떨어졌습니다. 거기에 신
당 창당 문제가 생각보다 오래가자 지지자들의 피로도가
더해져 지지율 하락이 더 가팔라진 것 같습니다."

한때 57%까지 지지율이 상승했던 것에 비하면 절반 이상
을 깎아 먹은 것이다.

더구나 신당 창당도 정민당 내부의 의견 충돌과 조정이
이루어지지 않아 계획했던 것보다 한 달이 미루어졌다.

"후후! 최중호 의원과 이문호 의원이 역할을 크게 했네
요."

최중호와 이문호 의원은 정민당에 속한 의원들로 내가
후원하는 인물들이다.

두 사람은 정민당 내 다른 국회의원과 달리 친서민정책
과 연관된 법을 자주 상정해 지역 주민은 물론 국민들에게
도 인기가 높았다.

당내에서도 조용하게 행동하던 이들은 평소의 모습과 달
리 창당을 하는 한종태 당대표의 행동을 신랄하게 비판했
다.

한마디로 책임 회피라는 말로써 지금의 어려움을 정민당
에게 떠넘기고 대권 욕심을 드러낸다며 한종태를 신랄하게
비판했다.

그리고 여기에 수세에 몰렸던 김영삼 대통령의 계파인 민주당 출신의 의원들이 합세해 신당파를 공격하자 급물살을 타던 신당 창당이 예상했던 것보다 한참 미루어진 것이다.

"중도파 의원들이 나설 줄은 한종태도 몰랐을 것입니다."

흑천과 연관된 한종태를 절대로 대통령에 오르게 할 수는 없었다.

"하지만 아직도 한종태의 인기는 높습니다. 정민당과 결별하고 현 정부의 경제 실책을 지금보다 강력히 성토하면서 새로운 대안을 제시하면 부동층으로 돌아선 사람들이 다시금 돌아올 수도 있습니다."

"예, 지금까지 쌓아온 이미지가 많은 사람들에게 호감을 주는 것 같습니다."

"다른 정치인들처럼 문제 될 만한 일들을 벌인 일이 없습니다. 아주 철저하게 자신을 가꾸어온 인물입니다."

정치인으로서 청렴하고 깨끗한 이미지는 다른 정치인과 구별되는 강력한 무기였다.

한종태는 아직까지 깨끗한 이미지가 지켜지는 몇 안 되는 정치인이었다.

거기에 잘생긴 외모와 함께 언변까지 갖추고 있어 고정

적인 지지자들이 적지 않았다.

"한종태가 대선 자금을 요구하면 주실 생각이십니까?"

승용차가 약속 장소인 닉스호텔에 도착하자 김동진 비서실장이 궁금한 듯 물었다.

"글쎄요. 만나보고 결정해야 할 것 같습니다."

호텔 직원에 의해 차 문이 열리자 나는 미소를 지으며 말했다.


약속 장소인 닉스호텔 특별실은 호텔 뒤편 산책로에 자리 잡은 고급 단독 객실이었다.

단독 객실 주변으로 아름드리나무들이 주변을 감싸듯이 서 있어 외부의 눈길을 피할 수 있는 장소였다.

"하하하! 바쁘신데 시간을 내주셔서 정말 감사드립니다."

먼저 와 있던 한종태가 크게 웃으며 나를 반겼다.

"하하! 아닙니다. 다시 한번 뵙고 싶었습니다."

나는 한종태가 내민 손을 잡으며 말했다. 그와는 경제단체장의 모임과 전경련 연말 모임 때 몇 번 마주쳤었다.

사실 한종태를 처음 본 것은 그의 딸인 한수연의 생일 파티에서였다.

이러한 사실을 한종태는 기억하지 못했다.

"하얏트가 닉스호텔로 바뀌니 더욱 고급스러워진 것 같습니다."

"감사합니다. 골치 아픈 일이 많으실 텐데 종종 오셔서 편히 쉬다 가십시오."

"하하! 그럴까요? 그렇지 않아도 여기서 밖을 바라보고 있으니까 근래 드물게 편안한 마음이 들었습니다."

"예, 이곳에 묵으신 분마다 그런 말씀을 하셨습니다. 제가 말해놓을 테니 언제든지 오셔서 쉬다 가십시오."

"하하하! 말만 들어도 감사합니다. 요새는 쉬고 싶어도 쉴 시간이 없습니다."

"그러시다고 들었습니다."

내 말에 한종태는 고개를 끄덕이며 앞에 놓은 물 잔을 들었다.

물 잔에 담긴 물을 절반쯤 마시고 내려놓자마자 다시금 입을 열었다.

"음, 제가 강 회장님을 만나뵙자고 한 것은 다름이 아닙니다. 거두절미하고 절 한 번만 도와주십시오."

한종태의 입에서 예상했던 말이 나왔다.

'후후! 얼마를 원하는지 들어나 보지.'

"어떻게 말씀입니까?"

"제가 대통령이 되면 경제부총리를 맡아주십시오."

"예?"

전혀 예상치 못한 그의 말에 나도 모르게 큰 소리가 터져 나왔다.

『변혁1990』 33권에 계속…

# 초대형 24시 만화방

신간 100%, 샤워실, 흡연실, 수면실(침대석), 커플석, 세탁기 완비

## ▪ 광명 광명사거리역점 ▪

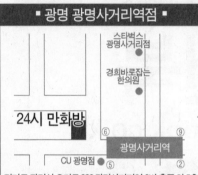

경기도 광명시 오리로 986 광명사거리역 6번 출구 앞 5층
02) 2625-9940 (솔목타워 5층)

## ▪ 강북 노원역점 ▪

운전면허 시험장
4호선 노원역
롯데백화점   24시 만화방   순복음 교회

서울 노원구 상계동 340-6 노원역 1번 출구 앞 3층
02) 951-8324 (화용빌딩 3층)

## ▪ 일산 정발산역점 ▪

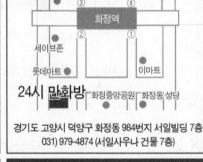

경찰서   정발산역
제2 공영주차장   롯데백화점
24시 만화방   E C A 라페스타 F D B

라페스타 E동 건너편 먹자골목 내 객잔건물 5층
031) 914-1957

## ▪ 일산 화정역점 ▪

덕양구청
화정역
세이브존
롯데마트   이마트
24시 만화방   화정중앙공원   화정동 성당

경기도 고양시 덕양구 화정동 984번지 서일빌딩 7층
031) 979-4874 (서일사우나 건물 7층)

## ▪ 부천 역곡역점 ▪

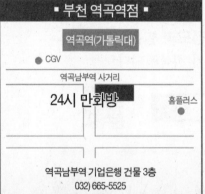

역곡역(가톨릭대)
CGV
역곡남부역 사거리
24시 만화방   홈플러스

역곡남부역 기업은행 건물 3층
032) 665-5525

## ▪ 부평역점 ▪

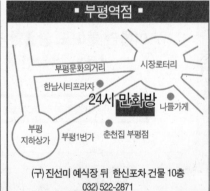

부평문화의거리   시장로터리
한남시티프라자
24시 만화방   나들가게
부평 지하상가   부평1번가   춘천집 부평점

(구)진선미 예식장 뒤 한신포차 건물 10층
032) 522-2871

FUSION FANTASTIC STORY
인기영 장편소설
호감받고 성공더!
100
86/10
안경 여드름 돼지. 줄여서 안여돼.
그것이 김두찬의 인생이었다.
제발 한 번만,
단 한 번이라도 당당한 삶을 살아보고 싶어!
띠링!
우주 최초 리얼 시뮬레이션 '인생 역전'의
플레이어로 선정되셨습니다!
접속하시겠습니까?
YES를 선택한 순간, 모든 것이 달라졌다.
안여돼 김두찬의 인생 역전기!
Book Publishing CHUNGEORAM
유행이 아닌 자유추구 -
www.chungeoram.com